Carine Hutsebaut
avec la collaboration de Catherine Siguret

Profession profileuse

J'AI LU

Je dédie ce livre à mes enfants,
Sofie, Eva et Bert,
pour qu'ils croient en un monde meilleur...

C'est une erreur capitale de théoriser avant de connaître les faits. Insensiblement, on commence à déformer les faits pour qu'ils collent aux théories, et non l'inverse.

Sir Arthur Conan DOYLE
Un Scandale en Bohème

Les convictions sont plus dangereuses pour la vérité que les mensonges.

Friedrich NIETZSCHE

Prologue

« Je ne regrette pas ce que j'ai fait. Je sais que tout le monde attend de moi que j'éprouve des regrets, mais je n'y arrive pas. Je sais que ce que j'ai fait est très grave. Je sais aussi que j'aurais dû chercher des solutions plus acceptables que de leur trancher la gorge. Mais, à ce moment-là, je n'ai pas trouvé d'autre moyen pour évacuer ma haine. »

Son regard se pose sur la table. Un visage d'ange, presque serein. Je devine qu'il est en train de revivre la scène d'horreur qu'il vient de me décrire. Mais je ne détecte plus la haine dont il parle dans son regard. Cela fait un an qu'il est en prison. Sa haine se trouve maintenant à l'intérieur. La haine ? On aurait dû la détecter avant qu'il s'attaque à ses grands-parents et à sa tante.

— Pourquoi n'en as-tu pas parlé à quelqu'un, Jérôme ? Pourquoi n'as-tu pas cherché de l'aide avant de commettre l'irréparable ? Comment vais-je expliquer un acte pareil au tribunal ? Aux jurés ? À la presse ? À la société ? Nous ne comprenons pas !

— Depuis mes neuf ans, je n'entends que ça. Ma mère qui pleure tous les jours en rentrant de chez ses parents qu'elle aide pour le ménage. Tous les jours j'ai entendu comment mes grands-parents humiliaient ma maman. Et personne ne bougeait. Mon père allait se promener lorsqu'elle se plaignait. Il ne savait pas quoi faire. Et moi, je ne pouvais rien faire, je n'avais que neuf ans.

— Tu n'avais plus neuf ans quand tu les as tués, Jérôme. Tu étais peut-être toujours un enfant, mais tu n'avais plus neuf ans.

— Je ne sais pas comment t'expliquer…

— Nous allons chercher ensemble comment tu en es arrivé là.

Je pose les photos du crime sur la table devant moi. Une vraie boucherie. Grand-mère nous regarde, les yeux exorbités : « Pourquoi, Jérôme… Pourquoi ? Qu'est-ce qu'on t'a fait pour que tu nous tues ? Tu étais notre petit-fils préféré ! Alors, pourquoi ? » Cette question, elle a dû l'emporter avec elle dans la tombe. Elle n'a jamais connu la réponse.

Tante Agnès, trempée de sang, recroquevillée dans un coin de la chambre, emporte une autre question avec elle. « Que se passe-t-il ? » Elle n'a pas eu le temps de s'interroger davantage. Une lame aiguë lui a tranché la gorge et l'a arrachée à la vie.

Je me promène avec Jérôme sur le lieu du crime qui s'étale devant nous sur la table. Nous sommes devant la porte d'entrée des grands-parents. Jérôme sonne. Il sait que ses grands-parents n'ouvrent plus à personne après vingt heures. Donc il crie : « C'est moi, Jérôme ! » Grand-mère se dépêche et lui ouvre la porte. Elle se dirige vers le comptoir de son magasin, un petit commerce d'appareils ménagers, qu'elle tient toujours parce qu'elle aime le contact avec les gens de son village. Jérôme la suit, parle un peu, de tout et de rien. Il serre le manche du couteau qu'il tient derrière son dos. Son copain l'attend dehors. Il faut qu'il le fasse maintenant. Il ne peut plus reculer. Ça fait des mois qu'il fantasme sur ce moment de vengeance. Il fixe le dos de sa grand-mère devant lui. Il lève le bras droit. Et puis… il plante le couteau dans son dos, d'un geste sec. Jusqu'au fond.

Grand-mère tourne la tête. Elle ne comprend pas. Elle fixe son petit-fils par-dessus son épaule gauche.

Jérôme se précipite vers la porte. Il laisse entrer son copain, Gérard. Grand-mère s'écroule. Elle respire lourdement. Elle a encore la force d'appeler sa fille : « Agnès ! Agnès ! » Il faut la faire taire. Elle n'est pas morte. Gérard retire le couteau du dos et égorge la grand-mère.

Nous passons à la photo suivante. Agnès arrive en courant. Brusquement, elle s'arrête dans l'encadrement de la porte. Elle hurle : « Maman ! Maman ! Que se passe-t-il ? » Le couteau qui lui tranche la gorge met fin à ses questions. Elle glisse contre le mur où elle laisse des traces de sang avant de s'écrouler.

Nous empruntons maintenant un petit couloir qui mène au salon. Grand-père se trouve toujours devant la télévision. L'image est bien cadrée. Il est sourd. Il n'a rien entendu. Sa femme agonise dans la chambre à côté, sa fille Agnès est déjà morte. Mais il regardait une émission, le bouton du son tourné au maximum pour tenter d'entendre quelque chose. C'est seulement lorsque Jérôme se plante devant l'écran qu'il le voit. Il sourit. Il adore son petit-fils. C'est bientôt son anniversaire. Il devient grand. Un vrai homme. Grand-père offre un Coca à son petit-fils et à son copain qui lui rendent visite. Son copain, il ne le connaît pas, mais il a l'air gentil. Des regards s'échangent. Gérard fait des signes. Jérôme panique. « Tue-le ! Tue-le ! Je ne vais pas les tuer tous. Tu vas en tuer aussi un, tu m'entends ? Si on va en taule, on ira tous les deux ! »

Jérôme ne veut pas faire de mal à son grand-père. Après tout, ce n'était pas lui qui humiliait sa maman. Oui, mais il n'a pas cherché à en empêcher les deux autres… Malgré tout, est-ce que ça vaut un meurtre ? Est-ce que ça vaut sa mort ? Il hésite, cherche une autre solution. Il n'a pas le temps. Il ne peut plus reculer. Il y a déjà deux cadavres dans la pièce à côté. Il se place derrière le fauteuil du grand-père et brandit son couteau. Non, il ne peut vraiment pas. Il faut d'abord que grand-

père soit un peu endormi. Jérôme cherche un objet lourd, quelque chose avec lequel il pourra l'assommer. Comme ça, il ne sentira rien lorsqu'il lui tranchera la gorge. La statuette en bronze ! Il lève sa main droite et assène un coup violent sur la tête de son grand-père. Le sang coule sur son visage. Il lui a défoncé le crâne ! Le pauvre homme est resté sur sa chaise. Pour mettre fin à son râle, le couteau fait le reste.

— Et tout ça parce que tu avais le sentiment qu'ils humiliaient ta mère, Jérôme ?

— J'imagine que c'est difficile à croire, oui. Lorsque je m'écoute, je m'en rends compte, et pourtant c'était bien pour mettre fin à cette histoire. C'était pour débarrasser maman de ses parents et de sa sœur.

— Mais comment pensais-tu vivre avec un tel crime sur les épaules ?

— Je n'ai pas réfléchi aux conséquences. J'ai seulement cherché une solution définitive...

— Et Gérard ? Qu'est-ce qu'il vient faire dans le scénario ? Il ne connaissait même pas ta famille. Ce n'était même pas un ami à toi. Tu n'avais pas d'amis.

— Gérard avait besoin d'argent. Il se drogue. Il avait emprunté 1 200 francs à sa mère et il devait lui rendre cet argent le lendemain.

— Comment en es-tu arrivé là ?

— Comme je vous l'ai expliqué, je ne supportais plus cette situation. À l'école, il y avait un garçon dans la cour qui disait : « Pour 2 000 balles, je descends quelqu'un. » Je n'ai pas réagi sur le coup, mais le soir, je suis rentré et je suis allé me coucher tôt. Il fallait que je réfléchisse à cette phrase. Je ne savais pas pourquoi. Normalement, je me couchais toujours très tard, mais depuis ce jour, j'avais hâte de retrouver mon lit. Cela me permettait de trouver la paix pour fantasmer sur une solution. Je n'en parlais à personne. Au début, je me rendais compte que c'était du délire, mais à mesure que le temps passait, à force de fantasmer, ce sentiment disparaissait. Le tout prenait forme.

— Donc, si je comprends bien, tu ressentais le besoin de perfectionner ton fantasme ?

— Oui, rien que de fantasmer sur les meurtres, ça me soulageait. Mais, au bout de quelques mois, ça ne suffisait plus. J'avais besoin de passer à l'acte.

— Je peux comprendre, mais de là à aller jusqu'au bout, ça fait une sacrée différence, tu ne trouves pas ?

— Au moment d'agir, tout se passe comme dans un rêve, dans une demi-conscience. Ou plutôt un cauchemar. Tu commences et tu ne peux plus reculer, donc tu vas au bout. Souvent j'ai l'impression que je me trouve encore dans cet état. Je n'arrive toujours pas très bien à séparer la réalité du monde irréel.

— Oui, mais lorsque tu enfonces un couteau dans le dos de quelqu'un, c'est concret, réel. Tu dois quand même sentir la différence ?

— C'est vrai, mais à ce moment-là, tu n'es plus vraiment dans la réalité. Je me souviens que lorsque Gérard me poussait à tuer mon grand-père, j'essayais de rester dans la réalité. Pour ça, je regardais les tableaux accrochés aux murs, je regardais dans le jardin, je fixais mon regard sur l'herbe… Tout ça, c'était du réel, le reste n'était pas vrai. J'avais besoin de le faire comme ça, sinon je craignais de devenir dingue. De plus, il fallait que j'appuie sur le bouton de la haine que je portais en moi, pour mieux justifier ce que j'étais en train de faire. Ces gens ne méritaient pas mieux. Après tout ce qu'ils ont fait à ma mère, c'était une peine justifiée. Vraiment, il me suffisait de me souvenir dans quel état maman rentrait chaque soir de chez ses parents pour alimenter l'énorme haine que je me suis forgée avec le temps.

— Donc, si je calcule bien, en neuf ans, tu as entendu mille quatre cent quatre fois la même histoire par ta mère. Ça ressemble à un lavage de cerveau, dis-moi ?

— Maintenant je sais que j'aurais dû me confier à quelqu'un, mais je ne connaissais personne et, en plus, dans ma famille, on n'avait pas l'habitude de se parler. Je suis un enfant unique, je n'ai ni sœur ni frère. Maman n'aimait pas que j'aille jouer chez d'autres enfants, et elle ne voulait pas que d'autres enfants viennent s'amuser chez nous. Donc, j'étais isolé, très seul. Pourtant je ne manquais de rien. J'avais tout ce que je demandais.

Je le comprends. Une mère dominatrice, qui se plaint continuellement de son sort, un père absent et faible. On connaît le scénario. Une mère qui commence à prendre son fils de neuf ans pour son partenaire. Une mère qui se confie à un gamin dont les épaules ne sont pas assez larges pour supporter tout ce poids. Un gamin qui ne comprend pas ce qu'on attend de lui, mais qui veut prendre la place du père absent pour résoudre les problèmes. Un gamin qui se croit adulte parce que, après tout, sa mère ne le considère-t-elle pas comme tel ? Un gamin qui se base sur ce qu'il connaît pour résoudre un problème. Et qu'est-ce qu'il connaît ? Pas grand-chose. On ne lui a rien appris, il est livré à lui-même. Mais il regarde des films à la télé. Et qu'en a-t-il appris ? Qu'il faut résoudre les problèmes tout seul, comme un homme. Dans les films, quand on « tue » un problème, on en sort « gagnant ». C'est du cinéma ? Et alors ? Qu'est-ce que la « vraie vie » pour un gamin aussi perdu ?

Ce film s'est déroulé devant ses yeux chaque nuit, pendant des mois. Il fallait passer à l'acte un jour. Et c'est ce qu'il a fait. Maintenant il comprend mal pourquoi tout le monde lui en veut. N'a-t-il pas résolu un problème ?

— J'ai l'impression, Jérôme, que tu te sens bien en prison.

— Oui, c'est vrai en quelque sorte. Je sais que ma vie est terminée, mais ici j'ai des amis. Je peux parler avec l'aumônier quand je veux. Je peux parler avec vous qui m'aidez aussi à comprendre mon acte. Mes parents viennent me voir tous les jours. Je suis à l'abri de la haine de mon village et peut-être de toute la société.

— Est-ce que tu te rends compte de la situation dans laquelle se trouve ta maman, maintenant ? Elle a perdu ses parents et sa sœur... Et c'est son fils unique qui les a assassinés...

— Je ne sais pas quoi faire pour demander pardon à ma mère, c'est vrai. Ce que j'ai fait est irréparable. Les jours qui ont suivi le meurtre, je m'en souviens comme si c'était hier. Au cimetière, tout le monde venait me serrer la main en me présentant ses condoléances. Et à chaque fois je pensais : ils serrent la main d'un assassin et ils ne le savent pas. Mais je ne suis pas encore capable de pardonner à mes grands-parents ce qu'ils ont fait à ma mère. Peut-être qu'un jour ça viendra, peut-être... Les cauchemars que j'avais les premiers mois en prison me minaient complètement. Je ne parvenais pas à m'endormir. Les yeux de grand-mère lorsqu'elle se retournait vers moi, le sang partout, les bruits de râle de grand-père... C'était l'horreur. Au début, j'arrivais à faire ressurgir ma haine et tout ça devenait supportable. Avec le temps qui s'écoule, ça devient très difficile de revivre cette rage. Il est vrai que ces gens ne méritaient pas ça, mais malgré tout je ne regrette toujours pas ce que j'ai fait.

Son procès a eu lieu au mois d'octobre 1999. Il a été condamné à une peine de trente ans. Jérôme avait dix-huit ans lorsqu'il a commis ces crimes. Il ne s'agit pas à proprement parler de crimes sexuels, et pourtant, ils présentent avec eux des points communs : l'isolement, le fantasme comme moteur du passage à l'acte, la psychopathie naissante, le risque de récidive. Jérôme était encore très jeune lors des faits, mais en dressant son profil psychologique, il m'est apparu clairement que ses crimes n'avaient pas pour seul motif la colère, mais bien une longue série de fantasmes qui n'attendait qu'un élément déclencheur. En dépit de ses regrets, il exprime le plaisir et le sentiment de libération ressentis pendant les meurtres, et en cela, il se rapproche de bien des criminels sexuels et autres tueurs en série.

Le président de la cour d'assises me demanda s'il y avait un risque de récidive pour ce garçon. La vérité était simple : j'ai dû reconnaître que, dans de telles circonstances, sans traitement intensif, Jérôme pourrait recommencer…

Chapitre I

Un drôle de métier

Je suis profileuse et je fais, paraît-il, un drôle de métier. Je ne l'ai pas vraiment choisi, c'est un peu lui qui m'a choisie. Le profiling criminel est une pratique pluridisciplinaire qui trouve ses origines dans la médecine légale. Il demande, au minimum, des connaissances éprouvées en criminologie et en psychologie, ainsi qu'une formation aux méthodes d'investigation médico-légales. Cependant, le profiling n'a, à ce jour, pas encore accédé au rang de « profession » reconnue.

Le profiling comprend deux grandes catégories, deux méthodes : le profiling inductif et le profiling déductif. Pour décrire brièvement le premier, j'emprunterai cette phrase à Marcus Aurelius : « N'accordez pas trop de foi aux premières impressions. »

Et pour définir le second, je citerai, du même auteur : « Regardez en dessous de la surface des choses : ne laissez jamais échapper leur qualité intrinsèque. »

Le profiling se situe donc au carrefour de nombreuses disciplines et comprend plusieurs points : détermination des faits, analyse médico-légale, typologie, reconstitution du crime, examen des différents types de blessures, profil de la victime et victimologie, mode opératoire de l'agresseur, signature du crime, motivations et caractéristiques psychologiques du criminel, techniques et stratégies d'investigation.

Je m'améliore au contact des criminels ; plus je contemple leur noirceur, plus j'aide le monde à s'en débarrasser. Petit à petit, l'opinion publique prend conscience que ce n'est pas en fuyant la réalité, l'incroyable prolifération des tueurs en série et des pédophiles, que le phénomène cessera d'exister. Il y a quinze ans – quinze ans trop tôt peut-être, si je tiens compte de l'hostilité à l'encontre de ma toute nouvelle profession – j'ai pris conscience qu'existait un énorme tabou : personne ne voulait s'occuper des criminels coupables des actes les plus atroces. On se concentrait surtout sur les victimes, dans la presse, chez les thérapeutes, ainsi que dans le milieu judiciaire. On avait à cœur de consoler les uns et d'enfermer les autres, sans réaliser que les uns soignaient leur douleur, mais que les autres restaient intacts et ressortaient à l'identique. La théorie des psys (et ils n'étaient pas les seuls) était de penser qu'il fallait se pencher sur les victimes et non sur les agresseurs. C'était prendre les choses à l'envers. Une victime, par définition, parce qu'elle n'est atteinte d'aucune pathologie, d'aucun dysfonctionnement, mais s'est « seulement » trouvée sur le chemin d'un psychopathe, n'est, en principe, victime qu'une fois dans sa vie. Sauf malchance particulière, son état de victime est un accident et non un effet de la constitution de sa personnalité. L'agresseur, quant à lui, ne l'est pas par hasard. Il est acteur, pas spectateur. Il n'a croisé la route de personne, mais erre dans la société en éternel prédateur. Le maillon manquant, jusqu'ici, était de comprendre pourquoi il agissait ainsi et, par la même occasion, comment l'empêcher de recommencer. On ne peut lutter contre un fléau sans le connaître parfaitement. S'intéresser à l'humain, c'est observer ce qu'il a de beau mais aussi de plus laid. Personnellement, c'est l'humain dans sa globalité qui m'intéresse. Et c'est à sa part d'ombre, celle dont personne ne veut, que j'ai choisi de consacrer ma vie…

Mes activités sont multiples. Je me forme en permanence, car les criminels évoluent en même temps que la société. Je lis des articles, des livres sur le sujet, je suis des cours de profiling dans le monde entier, et notamment aux États-Unis, je rencontre les criminels en prison, j'étudie leur cas, je rédige des expertises et des rapports pour les juges d'instruction ou les avocats, je témoigne auprès des tribunaux, aussi bien pour des agresseurs que pour des victimes, je reçois en traitement, à mon cabinet de thérapeute, criminels et victimes d'agression. Avec l'équipe de l'association que j'ai fondée[1], nous recherchons également des enfants disparus et nous nous occupons des cas d'enlèvements parentaux (la spécialité de ma collègue An Kuyken), nous participons et organisons parfois des congrès et des colloques internationaux.

Le crime, et en particulier le crime pédophile, dégoûte à un degré tel que les gens s'en détournent. J'ai pris l'habitude d'employer une expression choc : le « pédocide ». De la même façon qu'en Allemagne nazie la quasi-totalité de la population a fermé les yeux sur le génocide des Juifs, nous traversons une période où les faits divers affluent avec des « tout le monde savait ». Récemment encore, en Belgique où je suis installée, j'ai eu connaissance d'une affaire qui s'est déroulée dans un petit village : un père incestueux avait fait des enfants à ses propres filles.

1. Il s'agit de l'ICMAC (International Center for Molested and Abducted Children : Centre international pour les enfants victimes de sévices ou d'enlèvement).

Tous les villageois étaient au courant. Personne ne bougeait. Nous savons tous aujourd'hui que des criminels et des pédophiles se promènent en liberté et sévissent des dizaines de fois. On se raccroche à des espoirs : « Peut-être est-ce un ragot ?… Peut-être les apparences sont-elles trompeuses ?… Peut-être qu'il ne recommencera pas ? » Il faut se méfier de la rumeur ou du soupçon, mais plus encore de l'indifférence qui règne en la matière.

Les chiffres sont là. En France, selon les statistiques du ministère de l'Intérieur, d'ailleurs corroborées par celles de l'UNESCO, une fille sur huit et un garçon sur neuf seraient ou auraient été victimes d'abus sexuels. S'il n'existe aucune statistique incontestée à propos des abus sexuels commis sur des enfants, en raison notamment du lourd secret qui entoure la plupart de ces affaires, mon expérience professionnelle me conduit à prendre cette estimation au sérieux, et même de penser qu'elle est en dessous de la réalité. Aux États-Unis, en effet, la proportion, encore plus inquiétante, serait d'un enfant sur quatre. Bien sûr, on ne croise pas des pédophiles à chaque coin de rue, mais ils seraient quelque quatre cent mille en Europe. Il convient de préciser ici ce que l'on entend par « pédophiles ». En effet, tous ne sont pas des violeurs : on distingue six profils d'agresseurs d'enfants. Cela va du léger attouchement jusqu'à la torture et au meurtre. On ne sait que faire d'eux lorsque l'on est professionnel ; on préfère ne pas avoir d'ennuis lorsque l'on est citoyen. Trop souvent, on préfère encore fermer les yeux.

Le crime psychopathe est un cancer de la société, avec des métastases. Pendant longtemps, on n'a trouvé aucune personne compétente pour soigner les victimes ; puis, une fois les victimes prises en charge, nul n'a songé à soigner les agresseurs eux-mêmes. J'ai peur qu'il ne soit trop tard. À mon cabinet, je reçois en thérapie les victimes comme les criminels. C'est indispensable selon moi car les victimes non soignées peuvent se transformer en agresseurs potentiels. On estime à 10 % les enfants de sexe masculin abusés qui, adultes, risquent de devenir abuseurs à leur tour. Quand on enferme un criminel sans se soucier de l'évolution de ses jeunes victimes, le danger est que certaines de ces victimes, une fois parvenues à l'âge adulte, soient à leur tour susceptibles de passer à l'acte. Les gens ont tendance à qualifier les agresseurs sexuels, et en particulier les pédophiles, de « monstres ». Le mot révèle bien la peur bleue qu'ils nous inspirent. On peut penser que le rôle de la justice consiste à enfermer les monstres à mesure qu'ils apparaissent, mais, hélas, force est d'admettre que la justice ne fait pas toujours son travail : protéger les plus faibles. Elle est souvent dépassée et, parfois encore, dans certains pays, corrompue.

Grâce aux progrès des communications et des transports, on peut aujourd'hui aller à New York, tuer quelqu'un et rentrer chez soi le soir. Si les frontières n'existent quasiment plus pour les criminels, qui voyagent comme vous et moi, elles demeurent des barrières difficilement franchissables pour les professionnels. En effet, il n'y a pas assez d'échange d'informations en temps réel entre les polices du monde. Une commission rogatoire ou un mandat d'arrêt international peuvent mettre des mois avant d'être exécutés. La justice n'a pas suivi l'évolution de la société, la banalisation des voyages et l'apparition d'Internet ont aggravé la situation en accélérant les échanges entre pédophiles (qui ont constitué des réseaux) et en facilitant le passage à l'acte dans un espace illimité. Les services de police spécialisés dans l'informatique sont débordés par le nombre d'informations qui circulent sur le Web. À Palerme, une expérience édifiante a eu lieu grâce à une association de lutte contre la pédophilie. En travaillant d'arrache-pied, elle a réussi à obtenir la fermeture de sept mille sites pédophiles en un an! J'ai récemment eu une conversation avec un garçon de treize ans qui avait reçu une proposition sur son e-mail. À cette époque, il se demandait s'il n'était pas homosexuel, se cherchait un peu, et il s'est rendu au rendez-vous de son interlocuteur, soi-disant âgé de vingt ans. Évidemment, le pédophile en avait trente-cinq et, à l'occasion d'un week-end d'absence des parents, l'adolescent s'est retrouvé entre les griffes d'un homme qui le manipulait totalement. Internet a aboli les frontières entre pays, entre adultes et mineurs; ce flot d'échanges non filtrés représente un danger réel.

Cela dit, Internet est aussi un outil de lutte efficace: je suis en contact avec le monde entier par le biais de mon ordinateur. Je peux ainsi diffuser des photos d'enfants disparus. Je me tiens au courant des techniques de pointe. Je ne pourrais plus vivre sans cet outil. J'y passe peu de temps, mais mon e-mail est devenu un véritable allié pour communiquer avec tous les pays. Nous ne sommes que deux profileurs en Europe, Carlo Schippers à Amsterdam et moi-même en Belgique, et nous sommes très sollicités. Quand sur mon écran apparaît un nouveau dossier dont je ne peux matériellement m'occuper, faute de temps, je suis accablée. Les demandes d'aide via Internet se succèdent avec une telle rapidité que c'en est presque intolérable.

Loin de m'écarter du criminel, je m'en suis donc rapprochée: être profileuse, c'est se mettre à la place de l'agresseur en tenant compte de tous les éléments en présence, tant sur la scène du crime que concernant la victime. Paradoxalement, je crois le métier plus facile à exercer pour une femme. Je ne suis pas un homme et je n'ai pas été victime, je suis donc parfaitement étrangère à la position de l'homme agresseur. Je tire beaucoup de force de ce que je suis dans le fond, autant que des enseignements que j'ai pu recevoir. Il n'existe pas à proprement parler d'école du profiling. Il faut donner une bonne part de soi-même, faire preuve d'une empathie développée, autrement dit une faculté de se substituer à l'autre, de l'habiter. Mais attention : ne confondons pas empathie et sympathie, car si j'ai énormément d'empathie pour les tueurs d'enfants et les agresseurs sexuels, ils ne m'inspirent aucune sympathie.

Le profiling, c'est la déduction du profil psychologique d'un criminel à partir des caractéristiques de ses actes : date, lieu, scène du crime, mode opératoire, etc., mais aussi profil de la victime choisie. Être profileur, c'est raisonner au cas par cas. La démarche part d'un constat élémentaire : les gens n'ont pas la même façon de vivre, ils n'ont pas davantage la même façon de tuer.

Les fondements du profiling « moderne » nous viennent d'un agent du FBI, Howard Teten, dont les travaux datent des années 1970. Il utilisait le *criminal profiling* en combinaison avec d'autres outils d'investigation. Il l'appelait à l'époque : *applied criminology*. Il a dressé son premier profil en 1971 au Texas. Il donnait par ailleurs des cours au FBI sur « les anomalies psychologiques en matière de profiling criminel ». Il disséquait le crime. Pendant que son collègue Mullany examinait une série de comportements anormaux, Teten se penchait sur les éléments matériels relevés sur les lieux du crime. En 1972, Teten et Mullany créaient la New FBI Academy à la demande du gouvernement américain. Teten a pris sa retraite en 1975. Un programme d'études comportementales a été mis en place, mené essentiellement par des volontaires, des passionnés, des convaincus, une poignée d'hommes habités par la rage de découvrir la vérité. Dix ans plus tard, l'Academy Group Inc. lui succédait, qui rassemblait des détectives privés, dont Teten, travaillant en liaison avec le FBI. Ils ont écrit un « Manuel de classification du crime[1] » qui fait encore autorité. Il recense des bases essentielles. C'est d'ailleurs une partie de ce groupe qui a conseillé les scénaristes et les dialoguistes du film *Le Silence des agneaux*.

Au sujet de ce film (qui a fait découvrir le profiling au grand public), je souhaiterais apporter quelques précisions. Je le trouve très vraisemblable et assez juste, mais une chose me laisse encore perplexe : qu'on ait choisi, pour tenir tête au redoutable Hannibal, une jeune femme (interprétée par Jodie Foster) inexpérimentée et fraîchement émoulue de l'école, me semble dénué de sens. Il est parfaitement exclu que l'on mette face à face une jeune femme candide et un psychopathe d'une intelligence supérieure, réputé pour sa faculté à manipuler ses interlocuteurs. Confronter une fille sans expérience à un individu extrêmement dangereux ne serait sans doute pas le choix du FBI. Le criminel présente un profil méthodique, donc soit l'on choisit un homme de son envergure pour l'interroger, soit une femme extrêmement solide et expérimentée. Dans le film, l'héroïne a vingt-huit ans : les regards qu'elle pose sur l'assassin sont peut-être logiques, mais je n'ai reconnu aucun des miens ! Quand j'observe un psychopathe criminel, j'examine aussi sa façon de me fixer, de sorte que rien ne m'échappe ! Il faut avoir vécu pour être profileur.

---

1. *Crime Classification Manual, the standard system for investigating and classifying violent crimes,* Robert K. RESSLER, John E. DOUGLAS, Ann W. BURGESS and Allen G. BURGESS (Simon and Schuster, 1993).

Bien entendu, la naïveté d'une jeune femme peut conduire un criminel à endosser le rôle de l'instituteur, donc à délivrer des messages, mais elle ne repérera pas forcément les failles de son discours, comme le pourrait une personne plus chevronnée. J'ai dû voir le film au moins cinq fois. Cinq fois, j'ai cherché le sens que pouvait révéler un tel choix, faire plonger le psychopathe dans la tendresse par exemple, mais tout cela ne tient pas. C'est vraiment prendre le criminel pour un innocent que de le croire sensible à ce genre de choses. Mieux rodée, la profileuse réaliserait que, lorsqu'il parle d'un meurtre, on voit dans ses yeux qu'il jouit au seul fait d'en parler, mais qu'au deuxième meurtre raconté, son regard fuit. Il ne faut pas tout de suite confronter les deux attitudes, en demandant : « Pourquoi avez-vous regardé ailleurs en disant c'est une salope" ? », même si cette attitude nous intrigue. Il faut au contraire ranger cette observation dans sa tête, attendre. Si l'on agit tout de suite, l'entretien prend fin car l'assassin est sur ses gardes. C'est un jeu pervers, diabolique, et c'est l'assassin qui l'a inventé. Si l'on ignore les règles, et si l'on réagit au quart de tour, il va nous mener là où il veut. La personnalité d'Hannibal est, en revanche, parfaitement cohérente, bien étudiée ; la teneur de ses actes également. C'est un cas réel, celui d'un psychopathe russe, qui a servi de canevas à l'intrigue : l'homme enfermait ses victimes, les torturait, les laissait mourir de faim tout en se trémoussant travesti en femme sous leurs yeux, en collectionnant les vêtements de ses précédentes victimes. La méthode d'enquête est également vraisemblable : des visites multiples, une immense capacité d'écoute, l'importance accordée à la moindre piste et, surtout, des déductions permanentes. C'est bien ainsi que cela fonctionne. Le b.a.-ba du profiling consiste à se dire : le corps est retrouvé en pleine campagne, loin des bus et des gares, donc soit l'auteur du crime, soit la victime, soit les deux, a (ont) une voiture : mais où sont les traces de pneus ? Le jeu de l'oie… Version macabre.

Pour être profileur, on peut avoir suivi une formation en criminologie et posséder des connaissances juridiques ou médicales, ainsi qu'une formation en psychologie ou psychiatrie. Cela dit, des policiers, des gens de terrain, sans formation spécifique, se révèlent parfois de bons profileurs. C'est le cas du policier breton qui a beaucoup fait dans l'arrestation du tueur en série Francis Heaulme. Sans la sensibilité, le cœur, un profileur ne vaudrait strictement rien. La psychiatrie, sur le papier, ne fait que décrire un schéma psychologique, elle pose des fondements théoriques, une structure : c'est la façon d'appréhender et de compléter cette structure qui fait la différence. Prenons un exemple plus terre à terre : une maison, c'est un toit, des murs, des fenêtres, une porte. Ça, c'est la théorie. Mais toutes les maisons ne se ressemblent pas. Être profileur, c'est fournir un plan précis et détaillé de la maison, en allant jusqu'à la couleur de la tapisserie ! Chaque être humain est unique, singulier. Si l'on commence à dessiner ses yeux, leur couleur, leur forme, leur expression, on se situe au-delà de la représentation schématique. Il y a plus de six milliards d'êtres humains, mais chacun est différent et c'est précisément ce cas unique qui nous intéresse. Bien sûr, il est possible d'établir des schémas plus généraux : je me souviens d'une affaire où l'on avait retrouvé un enfant émasculé dans une voiture. C'est le crime typique d'un homosexuel refoulé. Il a une situation, un statut social, une famille, et c'est à cause de cet état qu'il refuse de s'accepter et rejette ses fantasmes enfouis… Il coupe donc ce qu'il déteste et qu'on l'a contraint à maudire. Voilà pour le schéma théorique. Mais il ne faut surtout pas en rester là. Après cette constatation, il est primordial de se pencher sur le dossier, de décortiquer les moindres éléments, car cette hypothèse de départ peut être erronée. L'assassin peut aussi bien être fétichiste et découper le sexe de sa victime, comme d'autres coupent une oreille, une mèche de cheveux, ou emportent un bijou lui appartenant, comme un trophée. À chaque nouvel élément, il faut réadapter le profil, l'affiner. Il ne s'agit pas d'une science exacte. Aujourd'hui, cette affaire n'est pas encore résolue, sans doute parce que le « remplissage » de l'armature était trop faible.

Je ne cours pas après de nouvelles affaires ; j'en ai déjà beaucoup à élucider et cela demande une concentration de tous les instants pour garder les cas constamment présents à l'esprit. Il faut savoir glaner ici et là, dans d'autres affaires qui se sont déroulées aux antipodes, le moindre point commun, la plus infime information. J'ai cent quarante-quatre dossiers en cours, dont certains cas à l'autre bout du monde. Par chance, je parle plusieurs langues : l'allemand, l'anglais, un peu l'espagnol et l'italien, et bien sûr, étant belge, le flamand et le français, ce qui facilite les échanges. On croit souvent que la plupart des tueurs en série sont américains mais selon moi, c'est faux. Nous en avons aussi, peut-être pas autant qu'aux États-Unis. N'oublions pas Francis Heaulme, qui a tué au moins dix personnes sur le territoire français, Andreï Tchikatilo, un Russe qui a assassiné et mangé des dizaines de femmes, d'hommes et d'enfants. Il dévorait ses victimes vivantes, et en tout premier lieu, leurs yeux, son « met favori ». Il a été condamné à la peine de mort en 1992 et fusillé en 1994. Il avait déclaré : « [...] je l'ai déchirée, déchiquetée, éventrée. Je lui ai coupé la langue avec les dents et l'ai avalée... En général, c'est le moment précis où j'atteins l'orgasme... » Il y eut aussi Fritz Haarmann (Allemagne), qui dépeçait des cadavres humains avant de les vendre à ses clients dans sa boucherie; David Harker (Angleterre), qui accommodait ses victimes avec du parmesan avant de les dévorer; Joachim Kroll (Allemagne), condamné devant le tribunal de Duisbourg en 1982 pour avoir tué et dépecé quatorze victimes, et aussi Marc Dutroux (Belgique), inculpé pour cinq assassinats; le dépeceur de Mons (Belgique) qui rôde encore... Andras Pandy (Belgique), présumé coupable du meurtre d'au moins dix membres de sa famille.

La plupart d'entre nous aimeraient nier l'existence de tels criminels et refusent de croire qu'ils vivent parmi nous. Or le déni entraîne l'immobilisme: les enquêtes restent à l'état embryonnaire. Il y a des pays phares en matière de criminalité. Les pays méditerranéens sont relativement préservés parce que leur culture favorise la constitution de petits clans où l'assassin ne peut récidiver éternellement. Aux États-Unis, sans vouloir alimenter le débat sur la violence américaine, le pays est si grand que l'on peut sans problème accumuler les victimes de la côte Est à la côte Ouest en passant à travers les mailles du filet de la police assez longtemps. Malheureusement, nous constatons que le même phénomène commence à se développer en Europe, où les frontières internes ont pratiquement disparu. Le marché est ouvert, y compris pour les criminels. Autrefois, dans un petit village, le contrôle social pouvait s'exercer. Ainsi, la petite Marion, disparue en France sur le chemin qui reliait l'école à sa maison. Si cette enfant avait été enlevée par un individu inconnu dans un petit village, il y a quarante ans, il est quasiment certain que quelqu'un aurait remarqué la présence de cet étranger dans le village. Aujourd'hui, on se déplace tellement facilement que c'en est devenu anodin. On ne fait plus attention aux gens de passage. La conséquence directe de notre mobilité est l'indifférence et, comme aux États-Unis, le phénomène s'étend peu à peu à tout le continent européen.

Les États-Unis ont compris le problème depuis longtemps : ils n'hésitent pas à rouvrir les enquêtes à tout moment, tandis qu'en Europe il faut encore se battre. Ma collaboration avec les Américains est souvent très fructueuse. Actuellement, je travaille sur une affaire extrêmement grave outre-Atlantique : trois petits garçons ont été torturés et assassinés. On les a retrouvés dans un bois. L'un d'eux, âgé de huit ans, a été émasculé. Trois adolescents ont été condamnés pour ces crimes à des peines allant de quarante fois la prison à vie à la peine de mort. Brent Turvey, de l'Academy of Behavioral Profiling en Californie, a découvert sur un des enfants qu'une de ses blessures, au-dessus de l'œil, n'avait pas été causée par un coup de ceinture, mais par une morsure. On sait par expérience (d'innombrables dossiers sur la maltraitance l'ont révélé) que ce type de traces, les morsures sur le corps, indique le plus souvent que leur auteur est un parent proche de la victime, ce qui peut surprendre au premier abord. Les morsures sont généralement le signe d'un état précis : la colère. Elles n'ont aucun rapport avec le cannibalisme, car un psychopathe cannibale ne se contente pas de mordre dans la chair de sa victime, il la mange. Je suis presque certaine, en l'occurrence, que l'auteur de ce crime inouï est le beau-père. J'ai en effet découvert, à mon tour, un élément nouveau. Cela a tenu à peu de chose, juste un peu d'attention en examinant l'interview que le beau-père de la petite victime avait accordée à la télévision. Dans son discours, rien à signaler. Dans ses gestes non plus. Dans le regard pas davantage... Mais ! En examinant attentivement l'écran tout entier, j'ai remarqué qu'il avait une érection sur le lieu du crime, où il avait été filmé lors de la reconstitution ! L'agresseur retourne souvent sur le lieu de son crime, pour revivre son fantasme, sentir les vibrations de l'endroit. Il peut par la même occasion vérifier s'il n'a pas laissé de traces derrière lui, mais là n'est pas sa motivation première. Cette affaire n'est pas encore rejugée, mais nous sommes sur la bonne voie. L'enquête va être rouverte. Nous espérons pouvoir faire innocenter les trois jeunes garçons qui croupissent en prison depuis 1994 : comme quoi mon travail ne consiste pas seulement à faire condamner des coupables.

J'ai du mal à me réjouir de mes réussites ; en effet, chaque succès implique qu'un crime a d'abord été commis. À mon cabinet, mais aussi à la maison, sur mon ordinateur, mon fax, toutes les heures tombent des dizaines d'informations. Je rêve qu'un jour le silence se fasse, pour ma paix intérieure mais surtout pour le bonheur de la société. Un client de moins, c'est une vie gagnée, que ce soit celle d'une victime « reconstruite » ou celle d'un agresseur qui ne récidivera pas.

Plus vite mes clients peuvent se passer de moi, mieux c'est. Je reçois jusqu'à dix-huit personnes par jour ; je n'en tire aucun sentiment de puissance. Plutôt de l'impuissance. Je ne peux matériellement voir chaque client tous les jours, et j'ai conscience que c'est un tort. La thérapie la plus efficace pour un agresseur est de lui laisser le moins de temps possible entre les séances, mais j'ai un emploi du temps très chargé.

Mon bureau se situe à quelques centaines de mètres de chez moi, dans la banlieue de Bruxelles. C'est à la fois un avantage et un inconvénient. Je gagne du temps, mais, en contrepartie, je n'ai plus de vie privée. L'autre jour, une équipe de télévision a déboulé alors que je déjeunais avec mon fils, caméras et micros braqués sur ma porte, pour me parler de pédophilie à côté de l'assiette. Je leur ai dit : « Nous avons rendez-vous dans vingt minutes, alors attendez un peu. » Cet intérêt me fait peur. Ce n'est pas parce que la télévision a mis les profileurs à la mode que j'exerce un métier du domaine de la fiction, de l'image, du romanesque. C'est du « vrai sang » que « mes » agresseurs ont sur les mains, et c'est de la sale réalité dont je m'occupe. Je veux être une voix, un porte-parole, délivrer des messages d'alerte, mais je ne veux pas être un visage. À cause de ce travail et de l'implication qu'il réclame, je ne me ressource plus. Je dois mener de front mes thérapies avec les victimes et les agresseurs dans la journée, et réfléchir sur de nouveaux dossiers le soir, rédiger des rapports que la justice, la police ou les avocats me demandent. Ça me prend souvent toute la nuit. Je dors environ quatre heures, quand j'arrive à dormir d'une traite, car mes contacts téléphoniques avec le FBI ont lieu la nuit, décalage horaire oblige.

Mon bureau n'est subventionné par aucune institution, aucun organisme. Il échappe par conséquent à toute mainmise de l'État, ce qui a toujours été mon souhait. Je tiens à rester indépendante, à choisir mes clients parce qu'on ne peut exceller dans tous les domaines. J'ai récemment refusé d'accueillir un homme qui avait tué sa femme et ses enfants dans un élan dépressif. Le cas était probablement passionnant, mais d'autres thérapeutes pouvaient l'aider autant que moi. Dans ma salle d'attente, les gens se succèdent ; chacun promène une histoire qui mérite que je me réserve quelques minutes de réflexion avant l'entretien, quand ce ne sont pas quelques heures. Je dépense autant d'énergie avec les victimes qu'avec les agresseurs, à la différence près que les unes parlent et que les autres se taisent.

Les agresseurs, il faut les défier, réussir à les mettre en confiance. Je veux parvenir à leur faire dire un jour: « La semaine dernière, je me suis senti attiré par un enfant. » Le travail en amont, avec la famille de l'agresseur, permet de donner l'alerte en cas de danger, lorsqu'un parent m'appelle par exemple: « Je ne sais pas pourquoi... Je sens qu'il va recommencer. » Il faut alors recevoir l'agresseur d'urgence. Le drame de ce métier est que tout délai peut être fatal à quelqu'un.

Je ne sais jamais à l'avance combien d'heures je vais travailler, ni combien je gagnerai à la fin du mois. La justice paie à tempérament, les victimes au gré des aléas de leur vie personnelle. Pourtant, je continue à refuser que le loyer de mon bureau soit réglé par la justice. Je ne réclame pas des horaires de fonctionnaire. Je souhaiterais simplement que ma profession soit un peu plus structurée et reconnue. On m'appelle à droite, on m'appelle à gauche, tantôt une victime ou les parents d'une victime, tantôt la police d'un pays. Entre les prisons, les palais de justice et mon cabinet, je parcours près de trente mille kilomètres par an. Faire six cents kilomètres dans une journée pour une heure d'entretien, c'est éreintant. Dans la voiture, je me vide, j'essaie de penser à autre chose. Il arrive que je ne dispose pas de la moindre information sur le dossier qui m'attend, et c'est parfois volontaire. Il est primordial d'aborder un premier rendez-vous sans idées préconçues, surtout avec un agresseur ou sur le lieu d'un crime. J'essaie donc de me concentrer sur d'autres dossiers, ou je rêve à des projets insensés, des vacances avec mon fils par exemple.

J'ai oublié ce que sont les loisirs, je l'avoue. L'oisiveté me culpabilise: c'est du temps volé à autre chose. Ce dont j'ai besoin, c'est d'une véritable déconnexion, au-delà de trois jours, mon meilleur score depuis des années. Je n'ai qu'une stagiaire pour s'occuper de la gestion administrative des dossiers, et je rêve d'avoir une équipe pour me soutenir, réfléchir avec moi ; seulement, un profileur, ça ne se forme pas si facilement. J'aimerais travailler en équipe, mais pas avec des débutants. Je n'ai aucune envie de faire de la formation. Je suis très chaotique, logique et organisée pour moi-même mais peu pédagogue avec les autres. On me demande souvent quelles études il faut faire pour exercer ce métier mais je n'ai pas de réponse précise. Il existe bien sûr des formations spécialisées, que j'ai suivies, pour améliorer ses techniques d'investigation, se tenir au courant des nouvelles méthodes et avancées scientifiques, confronter son expérience avec celle des autres. Cependant, je crois que l'on naît profileur. C'est par la suite, sur le terrain, que l'on développe ses compétences et que l'on se perfectionne. Je voudrais avoir quelqu'un à mes côtés, mais le cerveau, instrument numéro un du profileur, ne se partage pas.

Parallèlement à mes activités de profileuse, je suis devenue coscénariste, à la demande de la télévision française, pour la série *Brigade spéciale* sur TF1. Quand on est venu me chercher pour que je donne mon avis sur les scénarios, puis me mettre à l'écriture, le tout pour que la fiction soit le plus proche possible de la réalité, j'ai tout de suite pensé : « Ah non ! pas du travail en plus ! » Puis j'ai dit oui. J'ai vite compris l'intérêt de cette nouvelle mission : toucher près de douze millions de téléspectateurs que je ne verrai évidemment jamais dans mon cabinet. À l'époque, je venais de donner une interview au magazine *Elle*, dans laquelle je maugréais sur le manque de coopération des services de police en Europe. La journaliste m'avait alors posé une question : « Comment constitueriez-vous votre équipe si vous en aviez les moyens ? » J'y ai longuement réfléchi. Et puis j'ai profité de l'aubaine que m'apportait la fiction pour mettre dans les téléfilms tous mes rêves de justice et d'efficacité. Lauren, l'héroïne, est profileuse au sein d'une brigade pluridisciplinaire qui peut se déplacer partout en Europe et enquête sur les crimes sexuels. Grâce à ces téléfilms, je délivre des messages et évite que soient commises de grossières erreurs. Ainsi, je m'insurge devant l'expression d'une fille arrivant au commissariat et disant : « Je me suis *fait* violer. » Je frappe du poing : « Elle ne *s'est* rien *fait* du tout. Elle *a été* victime. C'est du passif. Elle doit donc dire : *"J'ai été* violée." » En entendant cette phrase : « Je me suis fait violer », on déduit : 80 % de la culpabilité revient à la victime. Cette formulation approximative me choque. On peut croire que ce sont des détails, mais c'est tout un état d'esprit qui se cache derrière les mots. Le résultat de mon engagement dans le domaine de la fiction, c'est d'alourdir un peu plus mon emploi du temps. Mais si j'avais refusé, je frôlerais l'hystérie en regardant la série, et les mentalités ne changeraient pas d'un pouce.

Pour prendre une semaine type, le lundi, je vois six agresseurs et quatre victimes à l'annexe de mon bureau qui se trouve à cent kilomètres. Le mardi, je corrige des scénarios ou des synopsis pour la série *Brigade spéciale*, et j'envoie le tout par e-mail. Le soir, j'écris mes rapports pour les tribunaux. Je rends compte de l'état des criminels dont j'assure le suivi en thérapie, rendu obligatoire depuis l'affaire Dutroux. Je m'occupe aussi des affaires de fausses allégations de mères, de plus en plus nombreuses dans les procédures de divorce, et des vraies évidemment, mais les fausses me révoltent. Ces mères sont des criminelles. Pour une mère qui ment, dix ne seront pas crues. Jeter le discrédit sur un phénomène existant et douloureux est grave. J'ai toujours plusieurs enquêtes en cours. Hier, l'affaire sur laquelle je planchais était un cas de disparition en Hongrie : une petite fille de huit ans. La difficulté inhabituelle est que je ne parle pas cette langue ; je fais donc du profiling via Genève, où je connais une personne fiable qui traduit du hongrois au français et vice versa. Je travaille sur ce dossier à distance, faute de moyens financiers alloués, ou de temps, pour m'y rendre. J'étudie le dossier à Bruxelles, ça part à Genève et ça repart en Hongrie : c'est simple ! Par Internet, je me fais envoyer le plan du quartier, des photos. Cela fait un an que l'on travaille dessus, mais l'enquête progresse très lentement. J'enrage de ne pouvoir sauter immédiatement dans un avion. Nous ne sommes pas assez nombreux à exercer cette profession et c'est autant de temps perdu dans l'arrestation des coupables, si souvent les mêmes à travers le monde. Chaque crime commis dans le monde ne nécessite pas l'intervention d'un profileur, mais en matière de crimes sexuels ou en série, c'est impératif, car il y a souvent récidive. Je vis assez près des assassins pour savoir de quel bois ils sont faits et pire, à quel bois ils se chauffent. Et croyez-moi, il y a de quoi prendre peur.

Chapitre II
Naissance d'une vocation

Ma passion du crime vient de mon intérêt grandissant pour la vie, une passion de mère de famille. Mon vœu le plus cher serait que les gens prennent un jour conscience de l'ampleur des dégâts, écoutent leur cœur hurler devant la réalité des tragédies gratuites, mais c'est terriblement long. Quand je suis invitée à une conférence, que je m'adresse à la presse, je me prends parfois à espérer : « Enfin, cela les intéresse. Quelque chose bouge dans les consciences et j'y contribue un peu. » Hélas, la déception est souvent au rendez-vous. Les questions que l'on me pose concernent trop souvent les actes qui ont été commis, et non les comportements qui sont à leur origine. Plus que de soigner, de faire changer les choses, les gens sont avides de savoir. Ils me réclament parfois des détails, des descriptions, que je refuse systématiquement de donner. Pourtant, mon seuil de tolérance face à l'abominable se situe largement au-delà de la moyenne. Dans ma vie privée, je peux très bien lancer dans un dîner, chez des amis auprès desquels je me sens en confiance : « Je dois rentrer ; demain, j'ai une affaire de femme égorgée. » Pour moi, il n'y a rien de malsain dans cette façon de m'exprimer, mais je sens de drôles de regards peser sur moi. Je mets souvent du temps à réaliser que je ne suis pas tout à fait comme tout le monde, ou du moins, plus tout à fait.

Après le dîner, je reprends le volant pour rentrer chez moi. Il s'est parfois écoulé trois heures. Je pense : « Zut ! J'ai parlé de deux cadavres ! » Je passe pour quelqu'un de peu ordinaire, obsédé par son métier, alors qu'en réalité j'ai appris à décompresser, à me débrancher. C'est l'amour qui m'a appris ça.

Lorsque je partageais ma vie avec un homme qui était tout à fait étranger à ce métier, à ma passion de la vérité, tout mon esprit était mobilisé par mes dossiers. C'était comme si je devais y penser pour deux, comme si ma concentration et mes récits répétés allaient pouvoir le convaincre, lui et l'humanité tout entière, qu'il y avait une véritable urgence à agir. Je ne supportais pas qu'il ne se révolte pas avec moi, avec autant de force, que sa colère reste en surface, comme celle de tous les gens qui disent d'un crime : « C'est vraiment dégueulasse », et l'oublient dans l'heure qui suit. Ils sont assis devant leur télévision, entendent parler d'un double meurtre d'enfants et finissent tranquillement de dîner. Je ne leur en veux pas. J'ai mis du temps à comprendre que tout le monde ne pouvait pas exercer cette profession ni agir dans le même domaine. J'ai longtemps été seule, dans mon mariage comme dans ma vie professionnelle. Et puis, un jour, j'ai rencontré l'homme de ma vie, celui avec lequel j'ai pu partager mon amour et mon métier. Je n'avais plus à marteler mes obsessions. Il les partageait déjà.

Si j'avais vécu une grande passion amoureuse avec mon mari, il est vraisemblable que je n'aurais jamais exercé cette profession. Nous avons eu trois enfants. J'avais atteint la trentaine. Entre la maison et les charges familiales, je ressentais une grande insatisfaction, l'impression d'être passée à côté de l'essentiel (j'ignorais encore quoi). En bonne épouse, j'ai longtemps secondé mon mari. Mes parents avaient toujours vécu de façon très « classique », ils me semblaient très heureux et m'avaient je crois laissé cette image du couple. Je suis née à Vilvoorde, une petite ville près de Bruxelles, où je vis encore aujourd'hui. J'ai grandi dans un village situé à quelques kilomètres, un vrai décor de carte postale avec une grande basilique, Grimbergen. On l'appelle la « perle du Brabant », c'est dire ! Mon père était officier dans une caserne toute proche et ma mère femme au foyer. J'avais une sœur aînée, Martine, un frère cadet, et deux petites sœurs. Notre vie de famille nombreuse s'est écoulée paisiblement, en dépit de deux épreuves difficiles : la naissance d'un enfant mort-né et une fausse couche assez tardive de maman. Mes parents étaient très dignes et cachaient parfois leurs émotions, une façon de nous tenir à l'abri des douleurs de l'existence. Ils ne nous faisaient pas partager leurs soucis d'adultes, n'évoquaient pas tous les sujets devant nous, comme on a tendance à le faire aujourd'hui. Je crois qu'il n'est pas très judicieux de parler de tout devant des enfants. Mes parents n'ont jamais cessé de se séduire mutuellement. Mon père était un homme très impressionnant, imposant, une vraie figure de père. Il était dur, mais juste et sociable. Sa présence, qui se passait de bavardages, m'a donné la sensation d'avoir des racines solides, de pousser bien ancrée dans le sol. Ma mère ne se montrait jamais devant lui sans maquillage, elle veillait à l'élégance de ses toilettes. Ce n'était pas seulement de la coquetterie, mais un respect profond pour son mari, qu'elle accueillait toujours avec le sourire, prête à le comprendre, à l'écouter. Elle était belle, généreuse. Elle ne vivait pourtant pas dans une bulle ; la maison était souvent pleine de monde, nous bien sûr, mais aussi les amis et leurs enfants, et même une petite fille recueillie provisoirement qui est restée quinze ans !

Ma sœur aînée, devenue puéricultrice, s'était en effet attachée à une enfant de deux ans dont la mère souffrait d'un cancer généralisé. Elle l'a peu à peu prise sous son aile. Au début, Sandra venait le week-end, pour soulager un peu sa maman. J'avais onze ans à l'époque et ne voyais pas cette intruse d'un très bon œil, par jalousie. Mais mes parents nous avaient appris à partager et à donner, même leur amour. Nous avons fini par adopter, dans notre cœur en tout cas, la petite intruse. Sa mère est décédée et Sandra a grandi avec nous. Par une triste ironie du sort, j'ai appris plus tard que le père s'était suicidé après avoir commis l'inceste sur la sœur de Sandra. C'est mon premier contact avec le sujet mais je n'irai pas jusqu'à y voir l'origine de ma vocation, car j'ignorais tout de l'histoire à l'époque !

Mon enfance s'est déroulée sans heurts. J'étais un brin casse-cou, un peu garçon manqué. L'obéissance n'était pas ma vertu première, et j'éprouvais un certain plaisir à défier l'autorité paternelle. Rien de bien méchant cependant. J'avais surtout une âme de scout, beaucoup d'amis garçons mais aucun soupirant sérieux à mes yeux. Mon mari, issu d'une bonne famille et promis à un bel avenir, m'a séduite parce qu'il n'avait pas l'étoffe des rigolos. Je l'ai épousé à vingt ans, deux ans après notre rencontre.

J'ai entamé des études de psychologie dans un but précis : faire du bien aux autres. Le temps passant, j'ai commencé à m'intéresser au comportement des criminels mais je nourrissais cette curiosité dans les livres. J'aurais pu m'occuper d'enfants défavorisés, soigner des autistes, car plus le fonctionnement intérieur d'un être est complexe, plus il me passionne. De ce point de vue, je possédais déjà les ingrédients pour devenir profileuse, mais ce qui m'a surtout propulsée dans le métier fut l'envie d'agir concrètement. Résoudre une affaire criminelle est à mes yeux l'application la plus aboutie de la psychologie. Se consacrer aux handicapés est une mission noble mais, dans une certaine mesure, on ne vit pas sur le fil du rasoir : c'est un fait à accepter. Modifier le cours des choses m'intéresse autrement plus ; c'est pour cette raison que, sur le plan de la pratique professionnelle, la psychologie des criminels m'intéresse davantage que celle des victimes. Une victime doit son état à un événement passé. Chez le criminel, en revanche, malheureusement, il faut aussi prospecter dans l'avenir. En 1991, j'ai découvert le Gracewell Institute, le centre britannique qui soigne les pédophiles et les criminels sexuels.

J'avais étudié leur comportement dans les livres, appris les bases, je m'occupais de leur traitement mais je voulais à tout prix savoir comment les autres procédaient et je brûlais d'envie de me rendre sur place. J'essayais de comprendre le plaisir de tuer, l'inacceptable absolu.

Mon intérêt pour ce champ d'activité est né en lisant le journal, six ans avant que je me mette en contact avec le Gracewell Institute. À ce stade, c'était seulement de la curiosité. En fait, le déclic s'est produit en 1985, lors de la disparition d'un petit garçon à Bruxelles. C'était un mercredi à quatre heures. Ma fille avait alors le même âge : six ans… J'avais lu l'affaire dans le journal, comme tout le monde. Je me disais : « Mais enfin ! Comment se fait-il que personne n'ait rien vu ? » À cette époque, j'étais encore convaincue que, dans des affaires aussi graves, aucune piste n'était négligée, que la police travaillait d'arrache-pied. J'attendais des suites dans les journaux, des nouvelles, une arrestation. Mais le silence persistait. Je me demandais comment les parents pouvaient survivre à une telle interrogation : où est mon enfant ?

Parallèlement, je me prenais à réfléchir : cet enfant se trouvait dans la rue, à quelques mètres de son frère, qui partait jouer au foot en lui adressant un dernier sourire. Quelques minutes plus tard, plus d'enfant. Le ravisseur était donc probablement quelqu'un qui connaissait déjà l'enfant, qui n'avait pas eu besoin de le convaincre de le suivre, car cela prend du temps. C'est ce genre d'idées qui me venait à l'esprit et je trouvais insupportable de n'avoir pas davantage d'indices, d'être inutile. J'ai questionné un ami policier pour savoir où en était l'enquête. La réponse fut insupportable : « On attend des nouvelles... » Un air las, un ton désabusé... Des nouvelles de qui ? D'un enfant peut-être déjà mort ? Du criminel ? Dans ce type d'affaires, il s'avère avec l'expérience que la police, effectivement, attend des nouvelles ! On a pu constater avec l'affaire Dutroux que la police vivait tellement dans l'attente que des années se sont écoulées, ponctuées de rapts et de décès, sans qu'aucun recoupement soit effectué.

Faute de pouvoir collaborer officiellement et soulager les pauvres parents, j'ai cherché à comprendre, au moins pour ma gouverne personnelle : quel genre d'individu peut faire une chose pareille ? Enlever un enfant ? Le violer ? Le tuer ? Quel monstre vivant parmi nous ? C'est tout simplement dans mon environnement que j'ai commencé mon étude. Je demandais à mes amis, aux gens que je rencontrais : cela vous fait quoi, un enfant ? Certains me répondaient : « Rien du tout. » D'autres : « Vraiment rien ; c'est chiant, les enfants, c'est chiant, on n'a que des ennuis avec eux. » Certains disaient encore : « Oui, ça fait quelque chose... », mais cela restait flou. D'autres enfin avouaient : « Oui, ça peut être attirant sexuellement. » Ces gens-là, je ne les ai pas jugés car ce n'était pas mon rôle et, en outre, ils ne passaient pas à l'acte, mais j'étais surprise par leurs propos, je comprenais mal. J'ai cherché des réponses dans les livres, des textes qui n'émettent ni jugement ni critiques, mais qui expliquent. Je n'ai rien trouvé. J'ai juste découvert que personne ne s'occupait vraiment de la pédophilie, des victimes à la limite, mais surtout pas des agresseurs. Trop dégoûtant… Les approcher est écœurant, savoir qu'ils vivent parmi nous, ouvrir les yeux sur ce que l'être humain peut commettre de plus ignoble. Lors de mes premières rencontres avec eux, je me suis moi aussi sentie sale en les quittant. Mais j'ai pensé : « Vaut-il mieux se sentir sale ou continuer à les laisser salir notre société et ce qu'elle a de plus précieux : les enfants ? » Ce sont les nôtres après tout.

Les rares publications auxquelles j'ai eu accès étaient américaines. En Europe régnait le silence absolu, comme si la pédophilie, ou le crime, était une spécialité américaine dont nous, Européens, étions tout à fait incapables. Mes lectures me laissaient sur ma faim. Aussi ai-je commencé à prendre mes marques dans le milieu, à faire des stages dans les endroits qui me semblaient stratégiques en la matière. Le seul centre sérieux qui existe en Europe pour traiter les pédophiles est le Gracewell Institute. Nuit et jour, à raison de plusieurs tranches thérapeutiques de trois à quatre heures, un véritable travail est effectué avec eux. Ces séjours n'étaient pas bénévoles mais coûteux ! Aucun stage de ce type n'est financé par la justice ; mes déplacements, mes séjours, ce temps que je prenais au lieu de donner des consultations en cabinet, tout était à ma charge et relevait de ma volonté. Ce qui a été formidable dans ces stages, c'est qu'on m'a jetée immédiatement dans la fosse aux lions. J'ai fait partie du staff tout de suite, nez à nez avec ce qu'il est convenu d'appeler des monstres. C'est là qu'on découvre qu'il n'y a aucune théorie qui tienne. On a beau tout ressasser, connaître son sujet par cœur, le jour où l'on se retrouve face au regard fermé d'un tueur, on tient ou on ne tient pas, on soutient ce regard ou on ne le soutient pas, mais, en tout cas, on ne réfléchit pas à ce que l'on a pu lire. C'est une forme d'instinct. Et je crois l'avoir eu assez vite.

Petit à petit, j'ai fait connaissance avec le monde du profiling, qui est un milieu extrêmement restreint. Il existe aux États-Unis une unité de recherches, le VICAP (Violent Criminal Apprehension Program), qui fait autorité sur tout le continent américain. C'est un centre qui rassemble et stocke les données relatives aux circonstances des crimes, les pistes, etc., un peu comme le fichier des empreintes digitales en France, en mille fois plus vaste et plus complexe. Nous avons établi une coopération efficace parce que j'ai commencé à me rendre dans les prisons, à rassembler des informations et à les transmettre. Voyant que jc n'hésitais pas à approcher ces êtres qui font si peur, la justice et la police ont commencé à faire appel à moi. Au début, j'agissais seule. J'écrivais aux tueurs et leur demandais de me recevoir. Ils acceptaient ou pas. J'ai d'abord rencontré les « plus petits » d'entre eux, pour me roder. Mais j'ai très vite réalisé qu'il valait mieux commencer avec les plus dangereux. Si j'arrivais à comprendre les cas les plus complexes, j'analyserais les autres plus facilement. Je me suis donc lancée. Je m'apercevais que la plupart étaient très intelligents, très pervers, qu'ils essayaient de créer des liens, d'endormir leur interlocuteur. C'était passionnant mais risqué ; j'ai alors pris conscience que je devais mieux maîtriser ma façon de les interroger. J'ai cherché à me former.

En 1993, j'ai suivi des cours à l'École nationale de la magistrature, à Paris, sur « la psychopathologie criminelle». J'ai ensuite pris des cours de victimologie, les deux années suivantes, au CISCP (Centre international de sciences criminelles de Paris V). J'ai rédigé un mémoire pour l'American University de Washington DC. Il s'intitulait: «Les victimes des victimes: le requiem d'un assassin d'enfants à propos d'un cas». Ce diplôme universitaire était le fruit d'une collaboration entre l'université de médecine et de droit médical René-Descartes à Paris et l'université de Washington. C'est aussi dans ce cadre que j'ai effectué des stages et des formations au FBI, puis j'ai continué au NCMEC (National Center for Missing and Exploited Children) et suivi des patrouilles de nuit avec le Metropolitan Police Department.

Pour améliorer ma technique d'interrogatoire, j'ai appris les méthodes d'*Investigative Psychology* à l'université de Liverpool, en 1997. Puis je suis partie à l'Academy of Behavioral Profiling en Californie, dont je suis membre aujourd'hui. Ce sont des formations ultraspécialisées où l'on apprend comment trouver des indices, l'endroit où les chercher, comment détecter tout ce qui peut prouver qu'une personne a commis un meurtre, ou encore le nombre de points à examiner pour comparer deux meurtres. Il faut penser à mille choses, acquérir des réflexes. Plus on en sait sur un crime, plus il sera fructueux d'interroger le criminel. J'ai ingurgité des milliers d'heures de cours et de lectures, parcouru le monde entier. Le fait de parler plusieurs langues m'a considérablement aidée. N'ayant pas d'idées préconçues ni de savoir trop ancré, toutes les techniques m'intéressaient et j'étais prête à tout apprendre sur le sujet.

Quand, en 1996, j'ai fait mes premières armes au FBI, sur le terrain, au fameux centre de Quantico, rendu célèbre au cinéma par *Le Silence des agneaux*, j'étais devenue une boulimique de travail. Je passais ma vie dans les avions et, dans les intervalles, j'examinais des cas de disparition et de meurtre. Entre les voyages et les études, je ne touchais plus terre. Heureusement, certains officiels européens commençaient à croire en l'utilité de mes compétences. Il ne me restait plus qu'à mettre la théorie en pratique.

Apprendre sera toujours indispensable, ne seraitce que parce que l'on confronte sa méthodologie à celle des autres profileurs. Tout récemment encore, en octobre dernier, j'ai passé des examens via Internet, après avoir suivi les cours de l'Academy of Behavioral Profiling en Californie. Les examens sont difficiles, ils sont en anglais, et j'étais la seule Européenne à concourir. J'ai passé des nuits entières devant l'écran de mon ordinateur. Les résultats de ces examens m'ont fait sourire parce que les coefficients de réussite sont calculés de façon tout à fait technique : j'ai obtenu la note maximale dans la maîtrise de la psychopathie. J'étais fière, c'est certain, mais j'ai surtout été perturbée en prenant conscience qu'il est impossible de maîtriser parfaitement, sans marge d'erreur, le fonctionnement d'un sujet. C'est ce qui me fascine, ce mystère de l'autre. Ma soif de le comprendre est sans limites, or les limites sont proches lorsqu'il s'agit de jouer avec la vie et la mort. Au contact des criminels, j'ai en fait découvert des sujets à la mesure de ma curiosité.

J'ai réalisé dès mes premières lectures que les théories des psychiatres étaient parfois à mille lieues de la réalité. Je lisais un livre, je rendais visite à un assassin derrière les barreaux, et j'avais la sensation que les mots ne décrivaient absolument pas la réalité, cet homme en chair et en os qui tour à tour tremble et affiche une assurance désarmante, qui semble avoir vécu les événements les plus déstabilisants dans le passé et maîtrise parfaitement ses actes par ailleurs. Je ne retrouvais pas les nuances, les complexités de l'être humain, sa singularité surtout. Chaque cas est un cas à part. Au séminaire d'*Investigative Psychology* de l'université de Liverpool, la condition d'admission est claire : ne surtout pas s'en tenir aux bases de la psychologie classique. Le conditionnement des universités rend les psychologues tous semblables, dispense des notions préétablies, comme si les hommes pouvaient entrer dans des cases et être analysés en fonction de x critères. C'est aussi aberrant que de croire aveuglément à l'horoscope, comme s'il n'existait que douze destins possibles sur terre.

Comprendre un tueur d'enfant ou un tueur en série exige que l'on en ait rencontré, écouté avec attention, interrogé le plus grand nombre, or certains psychiatres n'en ont jamais croisé un de leur vie. Leurs interprétations sont les fruits de leur propre psychologie, selon qu'ils sont révoltés ou séduits par la criminalité. Je ne suis, moi, ni l'un ni l'autre, et je ne suis pas une exception : aucun profileur n'éprouve de sentiments vis-à-vis de son client ; en revanche, nous sommes tous enragés dans la recherche de la vérité. J'ai réfléchi au fil de mes lectures : qui pouvait m'en apprendre le plus ? La réponse était évidente : l'auteur des faits. Dans cette optique, je suis entrée en contact avec quelques-uns des pires agresseurs et tueurs d'enfants que l'Europe ait connus. Je leur ai écrit en prison et, en tant que victimologue, j'ai obtenu des autorisations de visite. C'était bien, mais à mes yeux, encore insuffisant. Je cherchais le cas le plus difficile, celui auquel tout le monde s'était heurté, quelqu'un de retors. Il est arrivé dans ma vie par hasard, par un client qui m'avait parlé de lui. Tous mes clients ont un peu été mes « universités », m'apprenant comment fonctionnait l'envie de tuer, quel était l'état d'esprit avant, pendant, après. Avec eux, j'ai surtout appris à me mettre dans la peau de l'autre, l'agresseur, le prédateur en fait. Au début, j'avais du mal à me laisser investir par la perversité, à me tenir des discours comme « cette victime est là, facile, je l'enlève avec ma voiture », à me représenter l'ensemble du scénario compliqué qui conditionne la réussite de l'enlèvement ou du meurtre. Petit à petit, c'est devenu une faculté, une espèce de sixième sens que je développe désormais à volonté. Je ne me laisse plus polluer par aucun dégoût, par aucune pensée de la vie courante lorsque je me lance dans une enquête. Quand j'arrive sur la scène d'un crime, je me glisse immédiatement dans la peau de l'agresseur : « Comment a-t-il fait ? Où sont les témoins ? Etc. » La vraie, l'unique question qui habite le profileur et qui conditionne sa réussite, c'est : « Pourquoi ? » Pourquoi a-t-il fait ça ? Pourquoi a-t-il agi précisément de cette manière ? Pourquoi ici ? Pourquoi ce jour-là ? Pourquoi cette victime et pas une autre ? Voilà le moteur. Chaque question amène à une autre question. Et l'on commence à avoir une vision globale, une image plus nette de ce qui a pu arriver. Je crois moins à l'instinct du profileur qu'à ses caractéristiques psychologiques, dont l'essentielle est cette fameuse curiosité. Tout le reste, ce sont les criminels qui me l'ont appris petit à petit, leurs motivations, leur mode opératoire, autant de paramètres que l'on intègre pour découvrir la vérité. Par exemple, pourquoi tel tueur a-t-il commis le crime ici alors qu'il prenait de gros risques ? Cela signifie que son acte répondait à un besoin urgent. Ou bien qu'il était tellement sûr de lui qu'il pensait que personne ne le remarquerait. Autrement dit, il s'agit d'un homme habitué à le faire. Si on est angoissé, ou débutant, on ne commence pas ainsi, dans un endroit exposé.

Parmi les criminels que j'ai rencontrés, j'ai connu un homme qui allait surpasser de beaucoup tous les autres. Quand j'ai appris qu'il acceptait de me recevoir, alors qu'il avait déjà refusé de voir plusieurs experts psychiatres, j'ai su que j'accédais à la meilleure école qui soit, c'est-à-dire la pire. En un sens, je crois pouvoir affirmer qu'il m'a tout appris. En pénétrant dans sa cellule, j'étais dans un état de concentration difficile à décrire...

Christian Van Geloven est un criminel qui a horrifié l'opinion publique française il y a quelques années. Lors de son procès à Perpignan, en 1994, pour double infanticide, tortures, actes de barbarie, le président du tribunal avait demandé le huis clos pour épargner la sensibilité de l'auditoire. Tout procès d'assises est normalement public, et il est rare que l'horreur des actes jugés déclenche une procédure de huis clos. En l'espèce, le récit des autopsies relevait de la boucherie. Les journalistes étaient déchaînés. Des gens, amassés dehors, réclamaient le rétablissement de la peine de mort, et je crois que j'ai compris devant cette foule hargneuse ce que signifiaient vraiment la haine collective et l'exigence de représailles. Je suis venue témoigner lors de son procès. Rencontrer cet homme était pour moi essentiel, pas tellement en raison de la qualification des actes, mais parce qu'il était allergique à toute confrontation avec un psy et très intelligent. Pour moi, il s'agissait d'un défi. Il parlait cinq langues et avait voyagé dans le monde entier. D'après le portrait que la presse avait dressé de lui, rien, à première vue, ne semblait pouvoir justifier son passage à l'acte. Mais après l'avoir suivi et étudié pendant trois ans, avant et après son procès, une tout autre image m'est apparue. J'avais lu plus de mille pages écrites de sa main avant de le rencontrer, j'avais l'impression de le connaître déjà, et, en un sens, c'était le cas. Je me souviens parfaitement des premiers mots que je lui ai adressés : « J'ai l'impression de vous connaître et j'essaie de vous comprendre. Expliquez-moi... » J'ai été sincère et directe. Car face à ce type d'individu, il n'est pas question de jouer : c'est beaucoup trop dangereux. La tension est considérable, passionnante, captivante même. On entre dans l'œil du cyclone.

Le point commun de nombreux psychopathes criminels est qu'ils semblent n'avoir pas de pupilles. C'est ce qui m'a le plus impressionnée chez Van Geloven : on ne rentre pas dans ses yeux, c'est comme si l'on fixait un œil de caméra qui serait fermé. Van Geloven est longtemps resté impénétrable. Il m'observait. Moi aussi. Cet homme passe sa vie à réfléchir. Il peut rester des heures à faire fonctionner sa formidable intelligence, les yeux rivés au plafond, totalement absorbé par ses pensées et hermétique aux événements extérieurs. Ce pouvoir de concentration produit le meilleur comme le pire. Le pire, on le connaît, ce sont ses actes. Le meilleur, c'est qu'il est accessible à la compréhension, conscient. La conscience n'est pas synonyme de guérison, je l'ai compris avec lui. Quand il affirmait souffrir de ce que les gens le détestaient, et en premier lieu les parents des victimes, quand il prétendait avoir eu envie de mourir au souvenir de ses tortures passées, je lui répondais qu'il pouvait exprimer tous les regrets du monde, avec moi, ça ne « marcherait pas ». Van Geloven est irrécupérable. Il m'a avoué avoir des érections en regardant des enfants dans les publicités à la télévision. Je n'aime pas dire : « C'est plus fort que lui. » C'est plutôt que ses pulsions sont plus fortes que ses remords, sa perversité que son intelligence. Que les sentiments se battent en lui et le déchirent, je le crois volontiers. Il m'a appris à le comprendre. Mais qu'il ne récidive jamais et éprouve des regrets, qu'il ne soit pas tenté de recommencer, je n'en crois pas un mot. Le pire, avec Van Geloven, c'est que lorsque je lui expliquais tout ça, il me répondait, imperturbable : « Oui, Carine, vous avez raison. Je suis incapable de ne pas recommencer. » Il est extrêmement dérangeant de recueillir de tels aveux de la bouche d'un homme qui vous fait face. Souvent, parce que de très longs silences, interminables, s'installaient entre moi et celui qu'on appelle « le tueur le plus horrible qu'ait connu l'Europe avec Dutroux », les surveillants de la prison se penchaient vers nous : « Tout va bien, madame Hutsebaut ? » J'entendais à peine leurs paroles. Je répondais depuis un autre monde, tout bas : « Oui, tout va bien. » C'est depuis son monde que je répondais. J'entrais en lui. J'étais *dans* lui, devrais-je dire. Mais en réalité, tout allait mal. Je ne serais pas vraiment surprise d'apprendre que Van Geloven a commis d'autres crimes. Il est le suspect numéro un dans une affaire en Belgique actuellement, alors qu'il est déjà condamné à perpétuité. Il s'est fait prendre une fois pour toutes, mais auparavant il avait déjà été condamné pour des agressions sexuelles, et cet homme est bien trop organisé pour s'être fait arrêter bêtement à chaque fois qu'il a agi. C'est un méthodique, un calculateur, le contraire de l'impulsif qui laisse des traces partout. Il m'a appris énormément, précisément par cette scission permanente entre ses actes et la conscience du mal qu'il fait, contrairement à un Dutroux sûr de son bon droit, ou à un Francis Heaulme, le tueur en série français qui, me semble-t-il, se fiche de tuer.

Le rythme de mes rencontres avec Van Geloven, espacées par des semaines que ponctuait le courrier (j'ai gardé des centaines de lettres de lui), a balayé une bonne partie des autres préoccupations de ma vie. C'était de la folie, mais en y repensant aujourd'hui, il est évident que je *devais* passer par cette étape. Elle a marqué un tournant dans ma vie et a fait de moi ce que je suis aujourd'hui. C'est l'année suivante, alors que je devais partir en stage au FBI, qu'un autre psychopathe, Marc Dutroux, est entré dans mon existence.

Chapitre III

L'immonde jeu du chat et de la souris

La différence entre Christian Van Geloven et Marc Dutroux ne tient pas tellement à leur degré réciproque de perversité. Du point de vue de l'élaboration de leurs fantasmes, c'est bonnet blanc et blanc bonnet. Ce qui les distingue et les rapproche à la fois est l'élément qui leur procure la plus grande jouissance intérieure, cette toute-puissance que tous deux recherchent en vain et dont ils n'éprouvent la sensation provisoire qu'en décidant de la vie et de la mort d'autrui ; pour Van Geloven cependant, les limites de ce sentiment existent. Disons qu'il ressent un formidable malaise, comme une chute de tension qui l'accule à la dépression et à la tentation du suicide sitôt l'acte commis. Il ne se sent puissant que face à ses malheureuses petites victimes, tandis que Marc Dutroux se mesure au monde entier. Pour ce dernier, le plaisir intense dure au-delà de l'acte lui-même, dans son formidable pied de nez à la société : les citoyens, en premier lieu les parents, mais aussi la police et la justice. Il jouit de cette puissance qu'il jette à la face du monde. Van Geloven réglait ses comptes avec lui-même, Dutroux les règle avec le monde entier. Il a un côté dictateur, qui impose ses règles du jeu aux autres, quand chez Van Geloven, tout est intérieur. Le jour où la police a fouillé le sol du jardin de Dutroux, pelletant à des mètres de profondeur, et que des policiers lui demandaient : « Mais où sont les corps ? », Dutroux répondait d'un air évasif : « Je ne sais plus ; j'ai oublié. » Il avait les pieds dessus ! Il était debout sur les tombes de ses victimes et il regardait les enquêteurs creuser ! Au plus profond de lui, il devait éclater de rire.

L'affaire Julie et Mélissa, deux petites filles victimes de Dutroux, est celle qui m'a le plus marquée parce que j'étais dans un état d'intense activité, de conscience très aiguë. À cette époque, je prenais des notes pour un livre en préparation et ne pouvais le faire que la nuit : le jour, je n'avais pas le temps. Le matin, je me levais au radar, souvent aux aurores, et j'avalais des cafés et des carrés de chocolat pour tenir le coup. Un jour à midi, en rentrant de consultation, j'ai vu à la télévision que deux petites filles de huit ans avaient disparu en Belgique. Personne ne m'avait encore contactée, ni les gendarmes ni le juge d'instruction chargé de l'affaire. J'ai écouté attentivement, entendu ma révolte gronder encore une fois. Je commençais à connaître un peu tout le monde, à pouvoir entrer dans un dossier s'il me semblait que mon aide serait utile et ferait progresser l'enquête. Mais cette fois-là, j'ai décidé de ne pas m'en mêler, même si on me le demandait. Je sortais d'une affaire de double assassinat qui me minait pour plusieurs raisons. La police faisait vraiment obstruction et j'étais obligée de me battre des heures pour obtenir la moindre pièce, de me déplacer à tout bout de champ, de tout justifier. En outre, j'attendais toujours le paiement de la justice qui m'avait mandatée sur ce dossier, et travailler gratuitement, ou à tempérament, parfois, ça me fout en rogne. C'était aussi la période de mes examens de profiling. J'avais mille stages en perspective, qui me semblaient indispensables. Sans compter mes trois enfants, un petit et deux grandes adolescentes sur le point d'entrer en fac. Pourtant, je trouvais cruel d'abandonner les parents aux mains des autorités qui ne sont pas assez formées en matière de pédophilie. Rien ne semblait bouger, comme d'habitude. Mais je devais partir en stage au FBI, aux États-Unis. Le problème était résolu de fait : impossible de m'en occuper.

À mon retour des États-Unis, après quinze jours d'absence, un détective envoyé par les parents des victimes m'appelle. Jusque-là, j'avais su par mon mari avec qui je communiquais tant bien que mal par fax que l'on cherchait à me joindre. À présent, il était impossible d'ignorer ces appels. En quinze jours, l'enquête n'avait pas progressé d'un pouce. C'était révoltant. Les parents étaient angoissés et stressés. Ils avaient entendu parler de moi par le détective qu'ils avaient engagé pour retrouver leurs enfants. Il avait besoin d'aide dans ce dossier. J'éprouvais encore quelques réticences. Je savais que travailler avec la police allait être une épreuve pour mes nerfs. J'ai répondu que j'étais épuisée, que le séjour sur le terrain aux États-Unis m'avait achevée, que je refusais. Le détective a insisté.

Il est finalement venu me chercher en voiture, sur le pas de ma porte : deux cent quarante kilomètres aller-retour. J'avais juré que je n'avais pas le temps, que je voulais être rentrée chez moi le soir, que j'y allais pour expliquer mon refus aux parents, mais que je ne m'occuperais pas du dossier. Malheureusement, j'étais déjà pleinement consciente de la gravité de l'affaire, de la dangerosité du criminel. Deux enfants à la fois, c'est le signe d'un homme expérimenté, qui a déjà réussi avec un seul, qui ne s'amuse plus avec un seul, qui n'a jamais été pris avec un seul ou, en tout cas, pas définitivement incarcéré. Durant le trajet, mon instinct a repris le dessus. J'ai demandé d'emblée qu'on passe devant le lieu où les enfants avaient été enlevées.

Il nous a fallu un quart d'heure pour le trouver. J'étais dans la peau de l'agresseur... Les petites avaient disparu un samedi à seize heures. Julie et Mélissa étaient deux copines, deux voisines se connaissant depuis toujours. La mère de Mélissa avait demandé aux fillettes d'être de retour à dix-sept heures. Leur jeu favori était de faire des coucous aux voitures depuis le pont tout proche qui enjambait l'autoroute. Laisser des enfants s'amuser à quelques centaines de mètres de leur maison n'est pas une preuve d'irresponsabilité de la part des parents. Il n'y a aucune raison de considérer qu'il est normal d'enfermer des enfants. Ce sont les coupables qu'il faut enfermer, pas les innocents, et je ne supporte guère les discours du type: « Les parents n'avaient qu'à... » Je crois qu'il n'est jamais inutile de rappeler qui est la victime de qui, l'ordre des choses. Ce village est l'endroit typique où l'on ne peut imaginer qu'il puisse se passer un jour quoi que ce soit. Il est impossible de vivre en permanence dans un climat de méfiance et y faire grandir ses enfants ne serait pas un grand service à leur rendre. Leur apprendre la prudence, oui, mais pas les surprotéger en pensant qu'ils peuvent croiser un criminel à tout instant.

Voyant que les petites tardaient, la mère a enfourché son vélo. Elle n'a trouvé personne. Dès que je suis arrivée sur le lieu du crime, j'ai mémorisé l'environnement. J'ai noté que le blé venait d'être coupé. Nous étions mi-juillet. La disparition avait eu lieu le 25 juin 1995. Les enfants étaient inférieurs en taille à la hauteur du blé, pas encore moissonné à cette époque, c'est la première chose sérieuse à laquelle j'ai pensé. L'agresseur n'avait donc pu les voir depuis les ruelles du village, donc il était quasi obligatoire qu'il les ait aperçues depuis l'autoroute ou depuis la bretelle. J'ai alors procédé à ce qu'on appelle un « mapping », c'est-à-dire envisagé toutes les possibilités qui s'offrent pour arriver dans l'endroit, comme peut le faire un office du tourisme : quels sont les bus ? Les trains ? Les aéroports ? En l'occurrence, il n'y avait qu'un aéroport. Le criminel était donc venu en avion ou en voiture, mais avait de toute façon fini sa route en voiture, une route qu'il faut connaître pour savoir comment regagner le pont depuis l'autoroute... De plus, il n'avait laissé aucune trace derrière lui, ce qui m'encourageait à penser qu'on avait affaire à un méthodique.

En arrivant chez les parents de Julie, j'étais déjà « mordue », tenaillée par la souffrance et le désir de faire arrêter le coupable et de retrouver les petites vivantes. À table se trouvaient les parents et la marraine de Mélissa, la mère de Julie, ainsi que le gendarme G. Les familles venaient d'un milieu social moyen, des travailleurs, propriétaires d'une petite maison avec jardin, parents de deux enfants, des gens irréprochables. Le profil des parents faisait des petites filles des victimes à haut risque, parce qu'elles n'étaient pas délurées comme des gamines de banlieue qui poussent dans la rue, alertées de tous les dangers. Pour l'agresseur, elles représentaient en revanche des victimes à bas risque. Les enfants élevés à la campagne suivent plus volontiers un nouvel arrivant parce qu'ils ne se méfient pas. En ville, au contraire, les enfants sont moins confiants face à un inconnu. En revanche, ils sont des « candidats » idéaux pour les pédophiles qui prennent le temps de les apprivoiser un peu plus chaque jour, en passant régulièrement leur apporter des petits cadeaux, leur demander s'ils vont bien, s'ils ont besoin de quelque chose, s'ils veulent être raccompagnés.

J'ai demandé si la gendarmerie avait pris des photos de l'environnement : la réponse fut négative. Les parents, effondrés, avaient du mal à comprendre le sens de mes questions. Pourquoi des photos ? J'ai expliqué mon raisonnement sur la hauteur du blé.

Mon interrogation suivante concernait les victimes elles-mêmes. Leur profil est important pour mieux comprendre le criminel. Est-ce une victime à haut risque ou à bas risque ? Pour le déterminer, il faut connaître son âge, son mode de vie, les sports qu'elle pratique, ses activités, identifier ses ami(e)s, déceler parfois ses petits secrets, ses problèmes, se renseigner sur son état de santé, ses opérations, ses maladies, en apprendre le maximum sur son caractère, ses goûts vestimentaires… Il faut aussi établir son emploi du temps durant les dernières quarante-huit heures. En bref, savoir qui elle était. La chambre des victimes est le second lieu à visiter, immédiatement après celui du crime. On y apprend beaucoup. On peut également y trouver des éléments utiles pour les suites scientifiques de l'affaire, or là encore, rien n'avait été fait. Aucun objet personnel des enfants n'avait été saisi, pas même une brosse à cheveux pour prélever l'ADN !

J'ai expliqué au gendarme que le ravisseur de deux enfants était nécessairement un récidiviste que ne satisfaisait plus le rapt d'un seul. J'ai suggéré : « Vérifiez dans vos fichiers, il a sûrement déjà été condamné pour séquestration, enlèvement, torture. » Il y a toujours une marge d'erreur, mais en partant de rien, on part déjà de beaucoup : pas de traces, d'énormes risques pris en plein jour, deux enfants à la fois, c'est rare. Il existe une routine de l'enlèvement. Des criminels me l'ont expliqué cyniquement : après plusieurs succès, un seul enfant à la fois, c'est rapidement lassant, moins excitant. Cependant, je ne connais que six cas de double enlèvement en Europe, affaire Dutroux comprise : Ingrid et Muriel, victimes de Van Geloven, Kim et Ken disparus à Anvers, Julie et Mélissa enlevées par Dutroux à Grâce-Hollogne, une petite fille et son frère assassinés en Italie il y a vingt ans, deux petits garçons dont l'assassin présumé serait Francis Heaulme, et enfin, deux enfants de dix ans agressés dans un parc en juin 2000, à Schiedam, en Hollande. La petite fille a été violée et battue à mort, le petit garçon frappé et laissé pour mort.

Un tueur m'a expliqué à quel point il était difficile de tenir deux enfants à la fois, de retenir l'un quand l'autre crie, s'échappe. Pour Julie et Mélissa, on connaissait l'endroit, l'heure, le jour, qui était un samedi, or le samedi est un jour à risque à cause du monde qui circule. Si l'agresseur avait enlevé deux victimes, c'est qu'il était en voiture, et non en deux-roues, donc il avait son permis. Il n'était vraisemblablement pas jeune, pour la bonne raison qu'à vingt ans, on n'enlève pas deux enfants. Un braqueur commence par attaquer la poste du coin, pas la Banque de France. Criminel ou truand, c'est une carrière, avec ses étapes, ses défis. C'est pourquoi j'ai également estimé que l'agresseur avait au minimum trente-cinq à quarante ans. Ce qui est trop vieux pour qu'il n'ait jamais été condamné. Dutroux avait effectivement déjà été condamné. Il avait torturé une femme de cinquante ans en la violant avec une lame de couteau. J'ai ajouté : « Il doit être en liberté depuis deux à cinq ans. » C'est la durée nécessaire à la remise sur pied de l'agresseur. Dans un premier temps, il vit sous le choc de la détention, puis il flanche de nouveau, se retient, planifie et finit par passer à l'acte. J'ai aussi souligné que l'auteur des faits devait avoir un dossier psychiatrique. Il est évident qu'à l'âge de quarante ans, son état psychologique avait forcément alerté son entourage. Récidiviste donc, et méthodique, on pouvait par ailleurs supposer que l'agresseur était marié avec des enfants, mais peut-être en instance de divorce, car en conflit permanent avec son entourage.

Pendant que je me torturais les méninges, le gendarme soupirait en tournant la cuillère dans son café : « C'est n'importe quoi ! On n'est pas aux États-Unis, ici. » Sauf qu'ici ou ailleurs, les criminels ont une psychologie de criminels. J'ai également précisé : « Selon moi, il habite dans le triangle Namur-Charleroi-Liège, un territoire minuscule donc, qui expliquerait l'emprunt de ce bout d'autoroute et la bonne connaissance des villages environnants. » Pour trouver l'endroit, il fallait y être passé plusieurs fois et savoir également qu'il existait maintes routes pour fuir en cas de complication. On cambriole rarement une maison qui se trouve dans un cul-de-sac. En tout, j'ai listé vingt-neuf points différents. Plus j'ouvrais la bouche, plus le gendarme la fermait, comme abasourdi par mes paroles. J'ai songé : « Impossible de travailler avec la gendarmerie, décidément, ils sont trop "lourds". Je ne recommence pas le calvaire avec eux. Je pars. » Souvent, la gendarmerie belge se montrait très hostile à ma présence dans les enquêtes, d'une part, parce que c'est un corps de métier plus traditionnel que la police, donc réfractaire aux méthodes nouvelles, et d'autre part, parce que c'est un univers plus macho, qui voit en toute femme une pervenche, dans le meilleur des cas, mais sûrement pas une enquêtrice. Les parents des petites commençaient à voir rouge. Ils ont fini par demander au gendarme de partir. Je me suis rassise.

Je n'ai pas cherché à leur dissimuler mon inquiétude. Ils avaient de la force, du courage, des réflexes. Ils étaient pour moi de véritables alliés. Je leur ai conseillé de contacter le ministre de la Justice belge, De Clerk, afin que soit mise en place une cellule spécialisée. Pendant deux jours, je les ai aidés à monter cette cellule, fournissant au ministre une liste des meilleurs professionnels sur le plan international, toutes compétences confondues (ADN, traces, psychologie, stratégie d'enquête, etc.). J'avais inclus le nom de gendarmes, de spécialistes du « mapping », d'officiers de la PJ spécialisés dans les traces génétiques, des adresses de laboratoires, des professionnels de l'informatique. J'ai remis le tout à deux gendarmes venus me voir deux jours plus tard à mon cabinet de consultation. Ils avançaient à reculons. Ils ont empoché ma liste. Finalement, la cellule a soi-disant été créée : cinq personnes en faisaient partie, des gendarmes du coin, dont trois avaient une présence purement nominative puisqu'ils n'avaient même pas été informés de leur « promotion » ! Encore du bidon ! C'est l'un des membres de cette cellule qui m'en a fait part un an après l'arrestation de Dutroux ! Ce que j'ignorais, et c'est le comble, c'est que le nom de Dutroux apparaissait déjà dans leurs dossiers. Et qu'il correspondait parfaitement au portrait que j'en avais dressé !

Le 11 août 1995, six semaines après la disparition donc, un journal flamand me contacte. Une équipe suivait les dernières affaires de disparition, dressant un récapitulatif des enquêtes dites « en cours ». Ils étaient effarés : « Mais que se passe-t-il dans ce pays ? » À qui le dites-vous ! Ce 11 août, j'ai livré une grande partie du profil de l'assassin. Ils l'ont immédiatement publiée. J'ai conservé cet article où mes propos ont été très scrupuleusement retranscrits. Vers la fin, j'indiquais : « Vite, il va recommencer très prochainement. » Cette phrase, je l'avais déjà dite aux policiers !

Quatre jours plus tard, la mère de Mélissa m'appelle au bureau et me demande de me rendre immédiatement chez elle. Je refuse : « À chaque fois, c'est deux cent quarante kilomètres aller-retour. » Ce que je ne leur dis pas, car cela me gêne, c'est que personne ne me paie pour cette affaire, qu'elle me prend déjà beaucoup de temps et surtout… que la gendarmerie ne coopère pas. Deux enfants étaient en danger et, seule, je ne pouvais pas résoudre cette affaire. Il fallait former une équipe, or qu'est-ce que je constatais ? Que j'étais traitée en ennemie. La mère de Mélissa insistait : « Carine, s'il vous plaît... » Et elle a fini par ajouter : « Et puis il y a des gens qui vous attendent chez moi... » C'étaient les gendarmes, je ne comprenais plus rien à rien. Je lui ai dit : « Passez-les moi. » Elle refusait : les gendarmes voulaient me voir. L'un d'eux a fini par daigner prendre le téléphone, il s'est montré assez odieux et a fini par lâcher, laconique : « Madame Hutsebaut, je vous le demande gentiment... » Tant de gentillesse m'intriguait.

Quand je suis arrivée là-bas, c'était le chaos. Trois gendarmes faisaient le planton dans le salon, plus les parents et quelques proches. Le père de Mélissa hurlait : « J'en ai marre ! Vous ne partez pas avec madame Hutsebaut. Sinon je viens aussi ! » Il tenait les journaux concernant son affaire à la main. Il subissait le siège depuis des jours, des appels anonymes mais aucune piste sérieuse, pas le moindre espoir à l'horizon.

Pourtant, les parents communiquaient volontiers avec les médias. Ils ne voulaient pas qu'on les oublie, que l'affaire soit classée et enterrée comme cela avait été le cas pour Gevrije Cavas, six ans, disparu en 1985, Élisabeth Brichet, douze ans, disparue en 1989, Nathalie Gheysbrechts, neuf ans, disparue en 1991, Kim et Ken, onze et huit ans, l'un toujours disparu et Kim retrouvée assassinée en 1994... Ils laissaient les journalistes entrer, aller et venir à leur gré. Cela contribuait à faire monter la pression et la colère de la gendarmerie, mais c'était un mal nécessaire. Leur courage portait ses fruits. Tout le pays commençait à se dire : « Que se passe-t-il chez nous ? Il y a chaque année ou presque un drame non résolu... », et ce pays est un mouchoir de poche, cinquante fois plus petit que la France, tout Belge l'apprend à l'école ! Devant les parents sens dessus dessous, le père excédé et le manque de concentration ambiant, j'ai prié les gendarmes de nous laisser une heure, le temps de calmer les parents et de retrouver un semblant de sérénité propice au travail. La maman de Mélissa m'a ensuite conduite à la gendarmerie, puisqu'on tenait tant à m'y voir. C'est là que j'ai rencontré le gendarme L., un homme qui s'est retrouvé sur la sellette dix-huit mois plus tard. C'est lui qui a juré devant la commission Dutroux avoir perdu son carnet de notes, celui qui décrit le suivi des enquêtes jour après jour et doit rester en possession de chaque gendarme. Cette commission a été créée après l'arrestation de Dutroux, lorsque la population belge a pris conscience de toutes les erreurs et dissimulations survenues au cours de l'enquête. Le pays était tellement enragé que près de trois cent mille personnes ont manifesté dans les rues de Bruxelles, menaçant de mettre à sac tous les palais de justice de Belgique ! Le gouvernement a compris qu'il était temps d'agir et de « faire le ménage » pour calmer les esprits. Il a alors créé la « commission Dutroux », une commission d'enquête composée de parlementaires et chargée de déterminer les fautes commises tout au long de l'affaire. Les séances et les débats de cette commission ont été retransmis en direct à la télévision pendant des mois : on y a vu défiler les gendarmes, les juges d'instruction qui n'avaient pas fait leur travail, mais aussi les parents des victimes qui criaient leur désarroi et leur colère. Le gendarme L. n'a jamais voulu dire pourquoi, ni dans quelles circonstances il avait pu commettre la faute impardonnable de ne pas déclarer la disparition de son carnet, une pièce maîtresse. J'en connais la raison : il y avait noté le profil de Dutroux. Ça aurait déclenché un beau scandale. Mais en attendant, dix-huit mois plus tôt, je me retrouvais seule sur la sellette.

C'était un jour férié, le 15 août 1995. Le gendarme voulait que je reste mais je ne souhaitais pas lui parler. Je devais selon lui attendre une partie de l'équipe en mission ailleurs, appelée pour une fausse alerte de cambriolage. Il est important que je le mentionne pour attester de ma présence forcée ce jour-là, dont il n'est étrangement resté aucune trace. Je sentais que le gendarme cherchait à me mettre en garde. Il m'a demandé où j'avais appris le métier, comment j'avais fait toutes ces déductions et construit le profil qui se trouvait quatre jours auparavant dans le journal. Un véritable interrogatoire. Il était gentil. Mais quand les autres sont arrivés, cinq hommes en tout, j'ai passé un très mauvais moment, trois longues heures sous les tirs croisés de leurs questions, enfermée dans un bureau et traitée comme un suspect. À un moment, j'ai vu le gendarme L. parler à voix basse au gendarme G., c'est là que je me suis mise en colère : « Mais que me voulez-vous, à la fin ? Qu'est-ce que j'ai fait ? » Ils m'ont alors révélé qu'ils avaient reçu un appel du parquet, comme quoi j'étais recherchée pour trafic d'enfants, trafic d'organes, escroquerie, que sais-je encore ?! Tout à la fois ! J'ai demandé qu'on me passe les menottes en me fichant d'eux ouvertement : « Je suis dangereuse comme tout. » Ils balbutiaient, gênés : « Ce doit être une regrettable erreur... » J'avais plusieurs chewing-gums dans la bouche en même temps, que je mâchouillais nerveusement. J'étais hors de moi. Ils ont fini par me laisser rentrer chez moi.

Le 20 août, Anne et Eefje sont enlevées sur la côte belge, deux jeunes filles de dix-neuf et dix-sept ans. Je n'ai pas fait le lien tout de suite entre les deux affaires, à cause de l'âge, qui ne colle pas au profil des victimes de pédophiles. On peut être victime à tout âge, mais disons que l'âge critique se situe entre sept et dix ans. Plus jeune, c'est trop « bébé », embarrassant, l'enfant réclame sa mère et ne comprend pas tout, pas même le sens des ordres qu'on lui donne, comme de se taire... Plus âgé, le sens critique est trop aiguisé, l'illusion de toute-puissance plus difficile à nourrir.

Les mois ont passé. Je gardais encore quelques contacts épisodiques avec les parents. J'essayais de ne pas trop en dire, de ne pas leur faire part de mes réflexions personnelles tant que ne se présentait pas de piste sérieuse. J'avais envoyé des photos des petites à un ami, médecin à Marseille, pour qu'il fasse des recherches dans les réseaux du sud de la France. J'avais adressé un dossier à un autre ami, directeur d'un centre de jeunes délinquants à Bagnols-sur-Cèze. J'ai fait faire des recherches à Paris et en banlieue. J'ai vérifié si la disparition des deux enfants était signalée à Interpol, ce qui n'était pas le cas. Seule la petite Mélissa figurait sur les listes. Julie n'existait pas. J'en ai informé les parents. De temps à autre, en lisant quelques lignes dans un autre dossier, je croyais déceler l'ombre d'une piste, mais ça ne tenait jamais bien longtemps la route. Si je les avais mis au courant de tout, les parents auraient espéré, puis désespéré. Je savais qu'un rien pouvait les faire repartir au quart de tour. Il était naturel de leur part de vivre autant à l'affût, et tout aussi naturel de la mienne de vouloir les préserver. Un jour, ils ont eu l'idée de proposer une prime à tout informateur qui se présenterait. J'avais des doutes. Je leur ai demandé d'attendre un peu, afin de me renseigner aux États-Unis pour savoir si la démarche valait la peine d'être tentée.

Les parents comptaient proposer quatre-vingt mille francs français en échange de renseignements. Ils espéraient que quelqu'un ait vu quelque chose, se décide à parler et surtout sache où les joindre directement. Ils s'étaient saignés pour réunir cette somme. Aux États-Unis, la plupart des professionnels consultés estimaient que c'était une mauvaise opération s'il n'y avait pas une étroite collaboration avec la police, pour trier les informations, éviter les malfaisants et les maniaques. J'ai donc déconseillé aux parents de mettre leur projet à exécution. Cela n'empêchait pas les gens qui pensaient avoir reconnu les enfants de se manifester violemment : une fois on les avait aperçues nues sur une plage en Espagne, une autre fois dans une discothèque du bout du monde, c'était n'importe quoi. Je me souviens d'une photo qui avait particulièrement mis la famille en émoi, sur une plage en Espagne précisément, où l'on voyait des enfants presque de dos. On n'aurait pas pu jurer que c'était elles, mais les parents étaient tentés de le croire. Pour eux, cela devenait éreintant. La maman de Mélissa est allée jusqu'à me demander si je connaissais quelqu'un qui pourrait la mettre sous hypnose. Elle craignait d'avoir oublié un élément important qu'elle aurait aperçu lors de ses premières recherches en vélo. Je lui ai indiqué un hôpital à Louvain où des professionnels pourraient l'aider. Sans résultat. La mère de Mélissa me contactait souvent. Les deux couples de parents se jetaient sur le moindre indice ; mais, peu à peu, j'ai senti qu'un froid s'installait entre eux et moi. Comme si j'étais coupable de ne pas retrouver leurs filles, et vivantes.

C'est un an plus tard que l'affaire a explosé dans les médias. D'abord, la disparition d'Ann et Eefje en août 1995, puis, en mai 1996, c'est le tour de Sabine qui se « volatilise » sur le chemin de l'école, et enfin Laetitia, en juillet, à proximité d'une piscine. Par chance, quelqu'un a noté un détail : la présence d'une camionnette blanche. Un jeune garçon qui a l'habitude de jouer avec les numéros des plaques d'immatriculation s'est manifesté très vite auprès des autorités. Il avait retenu les lettres et les chiffres parce qu'ils correspondaient au début du nom de sa sœur et à sa date de naissance. Par une triste ironie, le destin a voulu que des petites se fassent enlever en comptant les voitures, et que le coupable soit arrêté en partie grâce à quelqu'un qui notait les immatriculations... Le juge d'instruction en charge du dossier, Conerotte, était un homme fin, très brillant en matière criminelle. Il était aussi perspicace et courageux, ayant osé écrire au roi que le pays était entre les mains de la criminalité organisée. Il formait une bonne équipe avec le procureur Bourlet. Ils ont décidé de tout vérifier. Le seul homme répondant à tous les critères et paramètres rassemblés était Marc Dutroux, déjà connu des services de police. La police est partie l'arrêter.

Après des heures d'interrogatoire, Dutroux a lâché: « OK, je vous en donne deux. » C'était une phrase d'un cynisme absolu et tout à fait incompréhensible. Comment imaginer qu'un homme collectionne les victimes? Ce jour-là, ils ont sorti Sabine et Laetitia vivantes de la maison, qui était un peu l'annexe du domicile principal de Dutroux, son lieu de villégiature pour ainsi dire, proche de chez sa femme et ses enfants, mais réservé à ses « loisirs »: trafic de voitures, tortures et meurtres. Laetitia était enfermée depuis quinze jours, Sabine depuis cinq mois. Les retrouver en vie relevait du miracle. Un système ingénieux retenait les enfants dans la cave. La police a commencé à fouiller le jardin, sur les indications en forme de jeu de piste de Dutroux. Les corps de Julie et de Mélissa étaient enterrés à quatre mètres de profondeur. On est aujourd'hui certain que Dutroux a fait au moins quatre victimes, cinq si l'on ajoute son sinistre comparse Weinstein, un Français condamné en France, l'homme des basses besognes. Dutroux l'aurait, je dis bien l'aurait, chargé de s'occuper des enfants alors qu'il effectuait un séjour en prison et Weinstein les aurait laissées mourir. Dutroux l'aurait alors puni... On n'en sait pas plus. Quoi qu'il en soit, cette histoire racontée par Dutroux en dit assez long sur son cynisme. Reprocher à quelqu'un de ne pas s'occuper d'enfants séquestrés, c'est un comble. On sait que Weinstein a été endormi avec les médicaments utilisés également pour neutraliser les victimes. Il a été enterré vivant, non loin des enfants. Ça, c'est Dutroux. Lorsqu'au fil des jours la vérité s'est dévoilée, la population était outrée. Des journalistes du monde entier ont débarqué, parfaitement incrédules : comment pouvait-on abriter un tel monstre dans un pays si minuscule sans que filtre le moindre bruit sur son existence ? C'est alors qu'ont été révélées les erreurs de la gendarmerie.

Il se trouve qu'un proche de Dutroux avait tout découvert. Il renseignait les gendarmes, ceux-là mêmes à qui je livrais mes informations. Il expliquait très clairement : « Dutroux fait des caches pour les enfants qu'il enlève, pour les violer. » Il décrivait même le suivi des travaux, en voisin bien ennuyé. La gendarmerie savait donc. Une foule de choses sont étouffées en Belgique ; aujourd'hui encore, où sont les cinq mille cassettes saisies lors de l'arrestation de Marc Dutroux ? Un tel réseau implique la présence de membres, sinon influents, du moins riches : ces bandes-vidéo d'enfants coûtent extrêmement cher. Qui les a regardées pour les analyser ? Quelles informations apportent-elles ? Où sont stockées ces informations ? Et si rien n'a été fait, qui protège-t-on ? Pourquoi ont- « ils » laissé faire Dutroux ?

Les réponses sont de différents ordres, politique, technique. La justice et la police sont parfois dépassées, bien sûr, et peuvent avoir des éléments corrompus. J'ai eu connaissance de cas flagrants de

« réseaux pédophiles », où figuraient des personnalités connues. On me demande parfois si je n'ai pas peur en me rendant auprès d'agresseurs en prison, ou même en les recevant à mon cabinet. Il se trouve que non. Ils ne mettent pas ma vie en danger. Ils me sont plutôt reconnaissants de l'aide que j'essaie de leur apporter. Si je devais m'inquiéter, ce serait plutôt au sujet des gens haut placés qui vivent avec la certitude de leur impunité. Tous ceux qui sont liés au pouvoir, tous les gens qui ont quelque chose à perdre. Attaquer les plus faibles, les enfants, n'est-ce pas faire l'aveu d'une très grande impuissance ? Le décalage avec la puissance sociale devient alors terrifiant. Les réseaux pédophiles touchent toutes les strates de la société. Aucune corporation n'y échappe. Le symptôme est clairement identifiable : il y a une rumeur, une plainte, et une enquête qui finit par bloquer. On ignore où se situe le blocage. S'il s'agit d'un homme isolé, présumé coupable et sans statut social particulier, l'enquête va beaucoup plus vite. Une simple dénonciation peut suffire pour qu'il soit arrêté et condamné. Quand il s'agit d'un réseau, les écueils se multiplient, car il comprend souvent des personnes protégées. L'expérience m'a appris que lorsqu'une enquête commence à bloquer pour des raisons obscures, c'est que je suis probablement sur la bonne voie.

Cela dit, dans l'affaire Dutroux, la personnalité de l'inculpé explique aussi bien des choses. C'est un manipulateur démoniaque, un homme qui joue au jeu du « un contre tous ». Sa vision de l'existence est la suivante : il y a lui et, au-delà de lui, tous les autres à qui il veut imposer sa loi. Parmi les « autres », on trouve aussi bien les autorités, la justice, la police que ceux qui partagent son quotidien. C'est un mégalomane, sûr de son bon droit, vivant continuellement dans l'illusion d'être sur un piédestal et, à ce titre, pour l'interroger, il faut prendre des précautions essentielles, qu'on apprend dès les premiers stages de profiling : interroger le criminel lorsqu'il est faible, qu'il ne peut plus se mentir, et donc mentir tout court. Ainsi, on a omis une chose essentielle au cours de l'enquête : interroger Dutroux exclusivement le jour, et notamment au petit matin, tout simplement parce qu'il vivait la nuit. Ses réunions avec les petits truands qui le faisaient vivre d'expédients, magouilles diverses et voitures volées, avaient lieu tard le soir et une partie de la nuit. En se précipitant pour les interrogatoires, de nuit, pour ne pas perdre de temps, la police a été confrontée à un Dutroux au mieux de sa forme.

Dutroux aime se faire passer pour un sauveur, et le pire est qu'il y croit. Quand il a affirmé avoir tué son complice Weinstein parce qu'il avait laissé mourir de faim l'un des enfants, Julie en l'occurrence, il s'est dressé en justicier, allant jusqu'à se plaindre d'avoir été volé : il avait donné huit mille francs à Weinstein pour qu'il s'acquitte de la tâche de nourrir les petites. Ainsi, il a été bafoué, volé, humilié par un ami. Ce n'est pas de la science-fiction : c'est la morale de Dutroux, d'une logique implacable. J'ajoute, sans entrer dans les détails de l'autopsie, que l'argument de Marc Dutroux est d'autant plus irrecevable que les petites ne sont pas mortes que de faim... Tout psychopathe possède une logique propre, conforme aux règles qu'il s'est fixées et voudrait imposer au monde entier. Il sauve, punit, s'alloue le droit de vie et de mort, et tout cela lui semble normal. Dutroux n'est pas un pédophile à proprement parler ; c'est avant tout un psychopathe dont la seule jouissance est de régner : peu importe l'âge de ses victimes. Avec les enfants, c'est juste plus facile. Avec la femme qu'il s'est choisie aussi. On se demande toujours, et j'en étais la première surprise lors de mes débuts, comment une épouse, une mère, peut tolérer des actes de cruauté et des assassinats d'enfants en gardant le silence. Je suis hélas revenue de mon étonnement en me penchant sur des cas comme celui de Marc Dutroux.

Dutroux avait trois enfants âgés de huit mois, cinq et douze ans au moment des faits. Je pense toujours aux familles dans ce type de drames, à ceux qui ne savaient pas ou n'ont rien pu faire, mais qui souffrent par médias interposés. Ces enfants connaissent leur identité, leur origine, et ont été placés dans un lieu où ils vivent protégés. J'espère qu'ils sont suivis par un thérapeute des plus solides pour qu'à leur tour ils ne reproduisent pas les mêmes crimes. Dutroux vient lui-même d'une famille où l'abus de pouvoir était omniprésent. Le père, en mission au Congo, une ex-colonie belge, était connu pour sa vie dissolue et a hérité de divers surnoms qui disent assez ses habitudes sexuelles, où le consentement n'était pas de première nécessité. La mère, quant à elle, a violé l'un des frères de Dutroux, Serge, qui s'est suicidé à l'âge adulte. Quant à son autre frère et à sa sœur, ils semblent avoir une vie normale. En tout cas, sur quatre enfants, deux de foutus, deux de sauvés, dans ce type de famille, c'est la proportion : une chance sur deux. Heureusement, la presse a relativement épargné les frères, comme les enfants. Quant à la mère de Dutroux, encore en vie, elle était pleine de soupçons à l'égard de son fils, au point qu'elle a alerté les gendarmes lors de l'enlèvement de Julie et Mélissa : « C'est peut-être lui... » Dutroux n'a même pas été inquiété ! Dans cette affaire, entre le voisin qui voyait de drôles de travaux dans le jardin, la mère et la femme, c'est à croire que tout le monde savait ! Quatre victimes auraient été épargnées si l'on avait écouté la mère.

Dutroux est un homme antipathique, de l'avis de tous, et il n'a qu'un talent, si l'on peut dire : savoir régner en despote. Ses copains truands lui font des courbettes ; sa femme « l'aime » ; ses petites victimes le craignent, et pour cause ! Cela suffit à sa satisfaction. Un psychopathe tel que lui sait s'entourer de ceux qui vont le servir. Ainsi, sa femme a été sa première victime, un être effacé élevé dans la tradition catholique, une oie blanche qu'il a quasiment cueillie à la sortie du pensionnat. C'est sur elle qu'il a affûté ses armes, sa capacité à imposer sa loi du silence. Elle s'est laissé enfermer dans un système dont elle niait la réalité. Elle refusait d'ouvrir la cache et de croire que deux enfants recherchés dans le monde entier se trouvaient dans leur cave. Pourtant, même en fermant les yeux, elle a fini par connaître les activités criminelles de son mari. Pire, elle y a participé. Elle a filmé des viols ! Il était devenu trop sûr de lui, commettait des imprudences, sans compter la fierté qu'il tirait de ses actes. Il faut se mettre à sa place, « profiler ». Un homme qui s'estime surpuissant en s'octroyant le droit de vie et de mort sur autrui, au bout d'un temps, ne supporte plus de n'être pas « reconnu ». Paradoxalement, il devait haïr sa femme de feindre l'ignorance. Il avait besoin de signer ses crimes. D'ailleurs, comble du cynisme, sur le corps de deux victimes, Ann et Eefje, enterrées dans le jardin, Dutroux avait laissé une carte de crédit lui appartenant, une signature, tant il était sûr de n'être jamais découvert. Quand la police a mille affaires en cours, un Dutroux n'en a qu'une : jouer le plus longtemps possible à cache-cache, jouir du manque de perspicacité de certains policiers ou de ceux qu'il considère comme tels. Idolâtré et/ou craint par son épouse, il l'est aussi par des dizaines de femmes amoureuses de lui, qui lui écrivent en prison, fascinées par l'aura du pervers. Il est même probable que certaines sont prêtes à l'épouser pour l'aider à sortir de prison, ça s'est déjà vu dans des affaires moins médiatisées ! Certaines croient pouvoir le sauver, rêvent d'être la seule au monde à en être capable ou veulent le materner parce qu'il a souffert étant petit ; d'autres possèdent la même perversité et veulent la partager, d'autres enfin cherchent à vivre dans l'ombre d'une célébrité. Lui, il sait tout ça. Les meilleurs profileurs au monde sont les tueurs eux-mêmes, parce qu'à chaque fois ils dressent un profil minutieux de leur victime, calculent tout, les risques, les témoins. Dès que quelqu'un les approche, c'est une proie potentielle. Ils savent quoi en faire. Quant à nous, la société, nous ne savons que faire d'eux, c'est là le drame : j'aimerais que nous cessions de fermer les yeux comme si « ils » étaient plus forts que nous. Ils ne le sont pas !

J'ai été interviewée par CNN à deux reprises lors de l'affaire Dutroux. J'ai répondu aux questions de nombreux journalistes. Pas un pays au monde n'a ignoré le scandale qui a secoué mon pays. Lors d'une émission très regardée en Australie, *Lateline*, on m'a posé la question suivante : « Est-il vrai que tous les Belges sont des pédophiles ? » J'étais écœurée. C'était comme si on me plantait un couteau dans le cœur. Je voyais le visage de mon père, de ma mère, mes sœurs, mon frère, mes enfants, mes neveux et nièces. Ceux de mes amis, de mon boulanger, du facteur, des victimes, du flic du coin. J'étais bien sûr en colère contre tous les irresponsables qui avaient bloqué l'enquête pour faire cavalier seul, qui non seulement avaient laissé les familles des victimes dans la détresse, mais de plus avaient sali l'image de tout un pays. Leur attitude avait été révoltante, mais ça ne faisait pas de tous les Belges des criminels.

Au bout d'un moment, j'ai mis le holà. J'ai refusé de m'impliquer davantage dans le dossier et de rencontrer Marc Dutroux en tête à tête. Ce n'est pas l'envie qui m'en manque, mais je refuse de le faire tant que les caméras seront braquées sur lui jusqu'à son procès en 2002. Il joue, comme au théâtre. Il n'est pas encore dans la phase asphyxiante de l'abandon derrière les barreaux, de l'anonymat qui le fragilisera. Dutroux a énormément joui quand il a fait des autorités judiciaires du pays la risée du monde entier, lors de son évasion du palais de justice en avril 1997. Ce jour-là, j'ai eu l'explication d'une question qui me trottait dans la tête : comment se faisait-il que Dutroux se rende aussi volontiers au palais de justice ? Jamais un caprice ! Jamais un empêchement ! La raison était simple : il repérait les lieux pour s'évader un jour. Doux comme un mouton, il avait fini par ne plus être entouré que de deux gendarmes ! Le résultat est qu'un beau jour l'un s'est pris un coup de boule, l'autre s'est fait voler son arme, et Marc Dutroux est parti en courant ! Sa cavale a duré quatre heures. C'est franchement honteux ! On dépense des millions pour lutter contre les hooligans, on met en place des plans d'urgence, et on entoure Dutroux de deux malheureux gendarmes ! Il y a tout de même un problème. Le plus beau, c'est que l'arme subtilisée au gendarme n'était même pas chargée. Le ministre de la Justice belge a dû démissionner, et une batterie de gendarmes a été mobilisée sur-le-champ pour rattraper Dutroux. Mais durant sa cavale, il a dû se sentir le héros du pays et même du monde entier. On ne parlait plus que de lui partout. C'était ce dont il avait toujours rêvé : une notoriété mondiale.

Rencontrer Dutroux serait pour moi intéressant mais, encore une fois, il est trop tôt. Travailler sous le feu des projecteurs ne lui vaudrait rien de bon et, avec la presse sur le dos, ça ne m'apporterait pas davantage. Dutroux n'est pas une priorité pour l'instant. J'ai des affaires plus urgentes à régler que la sienne, celles qui concernent les agresseurs toujours dans la nature. Cependant, j'ai un sinistre pressentiment : Dutroux sortira de prison un jour ou l'autre, pour bonne conduite, mais pas guéri pour autant. Il y a peu de preuves contre lui. Il est formellement prouvé qu'il a séquestré ses victimes, mais non qu'il les a violées, torturées et/ou tuées. Ma plus grande hantise serait que la défense invoque des vices de procédure pendant le procès qui pourraient entraîner un non-lieu. Car il recommencerait…

Chapitre IV

Mais que fait la police ?

Lors des fouilles de l'affaire Dutroux, le FBI, dont les méthodes sont les plus efficaces dans le monde à ce jour, est venu prêter main-forte. Ce genre de collaboration ponctuelle n'a absolument jamais lieu dans ce qu'on appelle les « petites affaires », mais la mort d'un enfant sous les coups d'un pédophile ou d'un psychopathe est à mes yeux un drame absolu et évitable. Il ne devrait pas y avoir de « petites » affaires, de même qu'on ne devrait pas parler de « grand » criminel là où il y a un simple tueur. Le problème de la police, ou de la gendarmerie, est d'être insuffisamment formée, organisée, pour lutter contre tous les agresseurs. Elle dispense son énergie au gré des pressions, dans un sens ou dans un autre. La hiérarchie empiète parfois sur la quête de la vérité. Pendant ce temps, les assassins courent encore et les parents, la société perdent toute confiance dans l'institution qui devrait les protéger. Diverses affaires ont montré les carences en matière d'enquête. Je me souviens notamment de celle du dépeceur de Mons...

L'affaire a particulièrement marqué les esprits entre 1996 et 1997, et pour cause : elle a semé la panique dans les rues d'une petite ville de province. Chaque jour ou presque, on découvrait des morceaux de corps de femmes découpées, soigneusement empaquetés dans des sacs-poubelle. On retrouvait ces sacs dans des endroits bien précis, des rues aux noms évocateurs : rue de l'Espoir, rue de l'Avenir… Jamais un lieu choisi au hasard. Nul besoin d'être profileur pour noter la symbolique à décrypter et remarquer que ce tueur n'était ni un idiot ni un impulsif. De plus, l'assassin avait inventé un petit jeu pour faire monter la pression, allant jusqu'à déposer des sacs sous le nez des policiers, à l'entrée des commissariats. Cette manière de défier les enquêteurs peut s'interpréter de différentes façons : une mégalomanie prononcée, un échec récent, une vengeance à prendre. Cette affaire s'est déroulée juste après l'affaire Dutroux, au point que certains observateurs allaient jusqu'à avancer qu'il s'agissait d'une manœuvre pour détourner l'attention. Des journalistes m'ont contactée alors pour connaître mon sentiment. Ils m'ont demandé de dresser le profil du dépeceur de Mons, et j'ai expliqué qu'il valait mieux attendre un peu, en savoir davantage. Aujourd'hui, je peux m'exprimer sur quelques pistes, mais à l'époque ce n'était pas souhaitable. On ne peut pas coincer un tueur s'il se sent traqué. Il ira alors là où on ne l'attend pas et prendra autant de plaisir à jouer avec le profileur par médias interposés qu'il en prend avec la police. Nous étions aussi cette année-là en pleine affaire Pandy, l'auteur d'une dizaine de meurtres, en Belgique. Pandy a été dénoncé par sa fille de trente ans, sa complice, avec laquelle il entretenait une relation incestueuse. Il avait un point commun avec le dépeceur : lui aussi découpait le corps de ses victimes. J'ignorais quels étaient les liens entre tout ceci et l'affaire Dutroux, et la prudence était de mise.

Pendant deux mois, le dépeceur de Mons n'a plus fait parler de lui. La ville se remettait à vivre, comme sortie d'un affreux cauchemar. Puis c'est reparti. J'observais. J'attendais. Je ne comprenais pas très bien comment fonctionnait ce criminel, à quoi il « marchait ». Ce qui est terrible dans ce métier, c'est la patience qu'il exige en plus de la faculté de se souvenir, de ne rien oublier.

Six mois ou un an plus tard, on a commencé à trouver des morceaux de corps à Perpignan. J'ai fait le lien tout de suite. Les victimes avaient au moins un point commun cette fois : elles avaient toujours été vues pour la dernière fois à la gare. Ces femmes avaient grosso modo le même profil, elles étaient un peu marginales. J'ai attiré l'attention des autorités sur les coïncidences entre les deux modes d'assassinat. Je ne me suis pas occupée de l'affaire plus avant. Je n'en avais pas le temps et on ne me l'a pas demandé. À l'heure qu'il est, j'ignore où la police en est. Nulle part peut-être. Peut-être aussi que mille indices nous ont échappé, à la police faute de familiarité avec le profiling, à moi faute de temps pour m'impliquer dans le dossier.

Une autre fois, dans l'affaire Robert Black, c'est moi qui ai alerté les autorités des pays concernés. Robert Black a assassiné plusieurs enfants en Angleterre dans les années 1980. Ce n'est qu'au début des années 1990 qu'il s'est fait prendre en flagrant délit par la police, alors qu'il venait d'enlever une petite fille de cinq ans dans sa voiture. Incarcéré à Londres pour les meurtres commis en Angleterre, il a reçu la visite de Ray Wire, directeur du Gracewell Institute. Et je l'ai moi aussi rencontré. C'est à cette occasion qu'il m'a parlé d'autres meurtres dont il serait l'auteur, commis sur deux enfants aux Pays-Bas et trois en France. Il a, semble-t-il, fait les mêmes confidences à Ray Wire. C'était en 1994. J'ai immédiatement prévenu les autorités françaises et néerlandaises. Ce n'est pas normal. Ce n'est pas mon rôle. Les policiers de ces pays avaient effectivement retrouvé les corps, mais ils n'avaient pas la moindre idée de l'identité de l'assassin et l'enquête était suspendue. Sa signature était pourtant spécifique : il arrosait le visage de ses pauvres victimes avec du vitriol pour les défigurer, leur ôter tout caractère humain. Mais les pays concernés semblent ne pas avoir voulu faire trop de bruit autour de cette affaire, par crainte sans doute d'être obligés d'admettre que des crimes pédophiles sont commis aussi chez eux ! Je me souviens d'une autre affaire où les particularités du tueur ne pouvaient laisser de doute sur son implication personnelle : il enlevait les enfants avec une valise spécialement réservée à cet usage. Il dissolvait ensuite les corps avec de l'acide ou les donnait en pâture aux piranhas qu'il élevait à son domicile. Ce tueur a été arrêté après bien des années de recherches. C'était un homme très riche qui avait fait de brillantes études, un spécialiste des ordinateurs. Il voyageait dans le monde entier. Quand les ficelles des crimes sont énormes, l'information finit parfois par franchir les frontières. Dans le cas contraire, c'est l'oubli. Et la police ne fait pas grand-chose pour y remédier.

L'autre plaie de la police, c'est l'ignorance. Faute de formation, un policier de base, plein de bonne volonté par ailleurs, risque de ne pas croire une famille qui cherche à l'alerter. Il faut être conscient que les psychopathes n'ont aucun mal à manipuler leur entourage et qu'en conséquence manipuler la police est pour eux un jeu d'enfant. Je me souviens d'une femme que j'ai suivie durant des mois. Elle avait surpris plusieurs fois son mari dans des positions équivoques avec des enfants, jusqu'à avoir la certitude qu'il les violait. Elle a commencé par lui dire : « Tu fais des choses avec les enfants. » Pour toute réponse, il l'a traitée de folle. Il était très en colère bien entendu. Elle est allée au commissariat et on l'a encore traitée de folle. Cette affaire a duré des années. Elle finissait par croire qu'elle était vraiment folle, et le mari niait tant et si bien qu'il a réussi à faire enfermer cette « gêneuse » en psychiatrie. Elle y est restée trois ans ; c'est là que je l'ai rencontrée. Grâce à une enquête et à une recherche des témoins et des victimes, j'ai pu contribuer à faire emprisonner le mari. Il a été condamné à dix ans de prison.

Quand des parents vont dans un commissariat pour déclarer la disparition de leur enfant, il n'est pas rare qu'on leur dise : « Pas rentré de l'école ? C'est une fugue ! » C'est la réponse qui a été faite aux parents de Gevrije Cavas. Gevrije avait six ans. Les parents ont dû s'y reprendre à deux fois pour qu'enfin on les écoute. Dans cette affaire, rien n'a été entrepris, pas même une battue. Les parents ont longtemps cru que la police travaillait, comme on le leur affirmait quand ils venaient au commissariat réclamer des informations et qu'on les promenait d'un bureau à l'autre. C'était en 1985. On n'a toujours pas retrouvé Gevrije. Les parents attendent cet enfant qui n'est jamais rentré de l'école et n'a d'évidence pas fugué. Quatre ans plus tard, ce sont les parents d'Élisabeth Brichet qui ont reçu la même réponse : une fugue. La petite avait douze ans et, à dix-huit heures, sa mère s'est inquiétée. Il n'était pas dans les habitudes de sa fille de rentrer tard. En questionnant des voisins, la mère s'est définitivement alarmée : sa fille était déjà partie depuis longtemps, personne ne l'avait revue. À dix-neuf heures, constatant qu'elle n'est toujours pas rentrée, elle se rend au commissariat. La police se veut rassurante : « C'est trop tôt. Il faut attendre douze heures. Surtout une ado... » Après cette phrase lourde de sous-entendus, la mère a cru bon d'expliquer que sa fille était une petite fille, très « bébé ». Je ne vois pas qui, mieux qu'une mère, peut connaître les réactions de son enfant, sa maturité. Mais les policiers goguenards ont répondu: « On connaît ça... » Au lieu de quelques heures, cela fait onze ans que la maman attend. Rien ne lui a été épargné. La police a fouillé dans sa vie, émis l'idée qu'elle avait peut-être elle-même tué sa fille! Comme elle ne renonçait pas, elle a engagé des détectives privés, mais là encore elle est tombée sur les mauvaises personnes, des arnaqueurs. La mère n'a toujours pas baissé les bras et c'est ainsi que je l'ai connue, des années après les faits. Je cherche des indices mais cette affaire est terriblement vide de traces probantes, de pistes. Dans le dossier Gevrije, seul un policier n'a pas renoncé et fait un peu le même travail que moi pour l'affaire Élisabeth Brichet. Parfois, nous discutons au téléphone et échangeons nos désarrois réciproques. Car nous savons tous deux combien il est dur de travailler seul.

Tous ces dossiers sont remontés à la surface avec l'affaire Dutroux. Il n'y avait aucune incidence politique ou diplomatique dans l'affaire Gevrije, mais il a fallu faire face à une incompétence totale, doublée d'un mépris affiché pour les étrangers (les parents sont turcs). Le bruit courait dans les couloirs du commissariat qu'ils avaient vendu leur fils dans leur pays d'origine! Il suffit d'un mot lâché comme ça à la cantonade à l'heure de la cantine pour qu'il n'y ait plus d'enquête. Un psychopathe n'a pas d'horaire, contrairement aux policiers, et n'éprouve jamais aucune lassitude. Il faudrait donner aux policiers des consignes, des méthodes, les aiguiller dans le bon sens. Je demande souvent à lire la déposition du premier témoin, la simple parole des parents par exemple, ou de celui qui a déclaré les faits. Les premières impressions sont essentielles. Je ressors fréquemment bredouille:

rien n'a été noté. « On ne savait pas que c'était si grave... », c'est l'excuse que l'on me sert la plupart du temps, or un policier n'a pas à estimer le degré de gravité d'une affaire. De quel droit mène-t-on les enquêtes à la tête du client ?

Dans un second temps, il faudrait qu'une équipe et une seule reste sur une affaire, gère l'ensemble. L'informatique n'est pas omnipotente et les fichiers d'empreintes digitales ne sont d'un formidable secours que s'ils sont complétés de fiches signalétiques, or il n'en est rien : tout le monde est débordé, tout le monde s'occupe un peu de tout. Même aux États-Unis, il reste encore deux cent mille signalements en souffrance à entrer dans les ordinateurs. En Europe règne un désordre impressionnant. La dernière mesure urgente à prendre, c'est de mettre en place des numéros de téléphone pour enregistrer tous les témoignages, même les plus fous, les trier, les comparer. Aucune parole n'est inutile.

Une affaire « en cours », c'est-à-dire en suspens, est facilement reléguée aux oubliettes et l'acharnement des enquêteurs dépend de leur bon vouloir ou de leur choix puisqu'ils ne peuvent faire face à la sinistre demande. Moi aussi, en un sens, je suis forcée de choisir, faute de temps et de moyens. Actuellement, trois affaires me tiennent particulièrement à cœur : Élisabeth Brichet, mais aussi l'affaire Kim et Ken, et l'affaire Liam.

L'affaire Liam a commencé il y a quatre ans, mais elle ne ressemblait pas encore à l'œuvre d'un criminel en série. Elle n'avait pas encore de nom, le propre des dossiers avec disparition d'enfant sans découverte de corps, sans aucune preuve, une volatilisation apparente.

Nous sommes le 3 mai 1996 à Hofstade, en Belgique. C'est une belle journée ensoleillée. Devant la maison des grands-parents du petit Liam, des badauds se promènent, heureux de profiter des premiers rayons de soleil après un hiver rigoureux. L'endroit est pittoresque. C'est un îlot de calme et de verdure, loin du bruit des grandes villes. Liam a trois ans, c'est un ravissant bambin, blond aux yeux bleus. Il passe la journée chez ses grands-parents parce que ses parents doivent travailler. Dans l'après-midi, il enfourche son tricycle et fait des boucles devant la maison. Ses grands-parents n'ont pas de voisins proches, il est donc bien obligé de s'amuser tout seul. Cela dit, il ne court aucun risque : les voitures ne circulent pas ici. Au bout d'une demi-heure, la grand-mère décide d'aller voir où se trouve Liam. Cela fait un petit moment qu'elle ne l'entend plus. Elle trouve son tricycle abandonné au sol et, juste à côté, le biberon de lait dont il ne se sépare jamais. De Liam, aucune trace. C'est la panique totale. La gendarmerie est aussitôt alertée. Il y a un petit chemin de terre devant la maison qui débouche sur une rivière ; au bout, face à la maison, une écluse. Des ouvriers travaillent sur l'écluse pour la préparer avant l'été. Ils n'ont rien vu. Les plongeurs commencent à fouiller la rivière, pourtant personne n'a vu d'enfant tomber à l'eau, aucun témoin n'a entendu quoi que ce soit. Enfin, pas tout à fait. Il y a bien un témoin qui dit avoir aperçu un homme tenant un garçonnet par la main et se dirigeant vers une petite voiture blanche. Mais c'est tout. Un appel à témoins est lancé à la télévision. Les policiers ont au moins appris quelque chose depuis l'arrestation de Dutroux. La fameuse cellule de « disparitions » s'en occupe ! Il n'y a plus rien à craindre. Ils n'ont d'ailleurs pas besoin d'aide, ils sont les « spécialistes » !

À part draguer le fond de la rivière, on n'a rien entrepris de particulier. Le père de Liam était dans un immense désarroi. Son petit garçon connaissait les dangers de la rivière. Il ne s'en serait jamais approché seul. En plus, il y avait une dizaine de promeneurs, et les ouvriers en face qui connaissaient bien l'enfant. Personne n'a rien remarqué. Pourtant, un enfant qui tombe à l'eau… ça se voit, ça s'entend ! Ça pleure, ça hurle, ça fait du bruit. Rien de tout ça. En outre, il faisait encore froid ce jour-là. Liam portait une veste. On n'a rien trouvé dans la rivière, ni chaussures ni vêtements. L'écluse était fermée à cause des travaux. L'enfant serait resté coincé, c'était à peine à dix mètres. Mais rien, on n'a strictement rien trouvé. Alors ? Où était passé Liam ?

Quelques semaines plus tard, le père de Liam est venu me voir au bureau. Il réclamait de l'aide : « Ils cherchent toujours dans la rivière, mon fils n'est pas là ! Il y a autre chose, mais j'ignore quoi ! »

Je me suis rendue sur place pour prendre connaissance de l'environnement où l'enfant avait disparu. Et là, je suis restée perplexe. Cette maison isolée, cette rivière qui la borde, ce chemin de terre, cela me rappelait quelque chose. J'ai eu l'impression d'être transportée dans le temps, onze ans en arrière…

Nous sommes à Mittenwald en Allemagne. C'est le 1er mai 1985. Dominic Stahl, quatre ans, joue dans le jardin de ses parents. Une clôture cerne le terrain. La mère, convaincue que son fils unique s'amuse en toute sécurité, monte à l'étage pour faire les lits. De temps à autre, elle jette un coup d'œil par la fenêtre pour vérifier que tout va bien. Il est seize heures. Avant de redescendre, elle regarde encore une fois. Elle ne voit pas Dominic, elle l'appelle… Pas de réponse. L'angoisse commence à poindre. Ses yeux fouillent le jardin. Ils se posent sur la grille, ouverte. L'enfant n'est pas capable de l'ouvrir tout seul… Ici débute un cauchemar qui ne se terminera jamais. La mère dévale les escaliers, se précipite dans le jardin, crie, hurle, au bord de la panique. Toujours pas de réponse. Elle franchit la grille, traverse le petit chemin devant la maison et scrute la rivière en face. Rien, pas une trace de son petit garçon. Elle retourne en courant dans la maison, prend le téléphone et appelle la police. Dix minutes plus tard, des policiers arrivent. Ils questionnent la maman pendant que des plongeurs se préparent à descendre dans l'eau. On ne trouve rien. La mère explique que, selon elle, il est impossible que son fils soit tombé à l'eau. Il y a autre chose. Elle ignore quoi, mais il y a autre chose: « Dominic était trop petit pour ouvrir la grille. Il connaissait déjà les dangers de la rivière... Je vous dis qu'il y a autre chose. »

En outre, un barrage s'est formé un peu plus bas dans la rivière, à environ un kilomètre de là. Ce sont des branches et des troncs qui bloquent le cours d'eau à la suite d'un violent orage. On aurait trouvé quelque chose ! Cependant, la police persiste dans la thèse de la noyade: « Il n'y a pas d'autres traces, votre enfant est forcément tombé à l'eau. Nous sommes désolés. »

La thèse tient toujours lorsque, début 1996, onze ans donc après la disparition du petit Dominic, les parents commencent à recevoir des lettres anonymes. Un homme se dénonce. Il déclare être passé devant la maison par une belle journée de printemps, le 1er mai 1985. Il a alors aperçu l'enfant et s'est dit: « C'est l'enfant de mes rêves, il est blond, il a les yeux bleus, et il est si mignon. Je l'emmène avec moi. » Pour attester de la véracité de ses dires, il précise que ce jour-là avait lieu une vente aux enchères à München en Allemagne, non loin de là. Dans une de ses lettres, il indique aussi qu'il collectionne les Stradivarius. Les lettres ont été envoyées de divers endroits du monde, sur du papier à en-tête provenant d'hôtels à Londres, Barcelone, Tokyo, New York. Il envoie conjointement une photo récente de l'enfant, qui doit avoir environ quinze ans, et précise encore que le garçon ne parle plus sa langue maternelle et ne sait rien de son passé en Allemagne ni de ses parents. Cela prouve deux choses : d'abord, le ravisseur n'est pas allemand puisque l'enfant ne parle plus sa langue d'origine ; ensuite, le fait d'envoyer une photo récente montre qu'il cherche à être pris au sérieux et à persuader les parents qu'il est bien l'auteur du rapt. La police allemande a vérifié cette photo en partant d'une photo de Dominic à quatre ans et en la vieillissant artificiellement par ordinateur : il s'agissait bien de lui. Les lettres ont été expertisées et on a constaté que les papiers à en-tête utilisés dataient de plusieurs années (les hôtels concernés en avaient changé depuis). C'est une indication de plus concernant le profil du criminel : cela signifie que l'on a affaire à un méthodique sachant depuis le début qu'il écrirait aux parents un jour ou l'autre.

Nous sommes le 14 février 1997. J'apprends dans le journal que va avoir lieu une vente aux enchères importante à Londres chez Christie's. Au catalogue de la vente figure un Stradivarius qui, je le saurai plus tard, atteindra la somme de dix millions de francs. Puisque la gendarmerie n'a pas voulu de mon aide, je n'ai rien dit de ce que je savais sur l'affaire en Allemagne, mais j'ai poursuivi mes recherches seule. Ce jour-là, pourtant, je me trouve dans une impasse. J'ai un problème de conscience. Je n'ai ni les moyens ni le temps de me rendre à Londres. Et la vente est prévue pour le 1er avril. Je décide d'alerter le juge d'instruction Decoux, pour lequel j'ai une grande estime. J'ai en effet travaillé pour lui dans une autre affaire, celle de la petite Nathalie Geysbrechts, disparue en février 1991 alors qu'elle attendait le bus de l'école. Il n'est pas compétent dans la juridiction de Mechelen et ne peut par conséquent agir personnellement. Cependant, après m'avoir écoutée, il me demande de mettre tout ce que je sais par écrit et de le lui envoyer par fax. Il fera le nécessaire. Il me promet qu'il va communiquer mon fax à Van Doren, le magistrat national.

Je rédige donc mon fax. J'ajoute que ce genre d'affaires est très rare mais qu'il en existe. Je mentionne un cas semblable survenu aux États-Unis dans les années 1970 : Steven, un garçon de six ans, enlevé par un pédophile en revenant de l'école. L'homme lui dit : « Tes parents n'ont plus d'argent, ils ne peuvent plus s'occuper de toi, ils m'ont demandé de le faire pour eux. » Le petit garçon ne comprend pas, mais suit l'adulte dans sa voiture. Le soir même, il est violé. Le pédophile déménage dans un autre État, modifie le nom de l'enfant et explique à ses professeurs à l'école que si le garçon a parfois un comportement difficile, c'est à cause du décès de sa maman. Il lui invente un nouveau passé. Dès que la police est sur ses traces, il déménage à nouveau. Steven ne reçoit aucune éducation, il est un objet sexuel. À l'âge de huit ans, il fume, boit et va à peine à l'école. Les années passent. Steven, à présent âgé de seize ans, change physiquement. Son système pileux se développe, ce qui déplaît au pédophile qui n'est pas un homosexuel assumé et refuse la sexualité adulte. Il a bientôt envie de se chercher une nouvelle victime. Un jour qu'il rôde dans la rue accompagné de Steven, il avise un petit garçon de trois ans qui a exactement le genre qui lui plaît, un Steven qui n'aurait pas grandi. Il l'approche et lui dit : « Ta maman ne veut plus de toi. Elle n'a plus d'argent. Tu dois venir vivre avec moi. » Le petit éclate en sanglots et se laisse guider par le pédophile jusqu'à la voiture. Mais Steven a tout vu et entendu. Il est en état de choc. Il se souvient avec horreur qu'il a entendu les mêmes paroles lorsqu'il était petit. Dès la nuit tombée (le pédophile est un gardien de nuit), il prend la fuite avec le petit garçon. Il le dépose devant un commissariat et lui ordonne d'entrer et de tout raconter. Mais l'enfant est en larmes. Il a peur. Il va donc falloir l'accompagner. Steven raconte alors toute l'histoire au policier de garde, celle de l'enfant mais aussi la sienne. On ne le croit pas. Il insiste : « Moi-même, je ne sais pas qui je suis. Je me souviens seulement que mon prénom était Steven. » Il ne se rappelle rien d'autre, et les policiers ne le croient toujours pas. Alors il s'empare d'une paire de menottes posées sur le comptoir et s'attache au radiateur : « Maintenant, trouvez mes vrais parents ! » Un policier se met finalement au travail : au bout de quelques heures (les fichiers n'étaient pas informatisés et Internet n'existait pas à l'époque !), il trouve la trace d'un petit garçon disparu dix ans plus tôt, dont le prénom était Steven. Le lien est fait, on croit enfin l'adolescent. Le pédophile est très vite arrêté. On trouve dans son appartement de très nombreuses photos pornographiques de lui et de sa victime. Steven est renvoyé dans sa vraie famille, il retrouve ses parents, mais rien n'est plus comme avant. Il ne connaît plus personne. Dans cette famille très catholique, l'enfant, qui n'a pas reçu d'éducation, n'a plus sa place : on ne fume pas, on ne boit pas, on se rend à la messe. Il ignore comment il doit se comporter. Alors, il cherche un moyen de s'échapper : il s'est marié très vite et a eu deux enfants. Il y a quatre ans, il est mort dans un accident de moto. On a tiré un film de cette affaire : *I only remember my name is Steven* (« Je me souviens seulement que mon nom est Steven »).

Tous ces éléments, je les ai communiqués par fax au juge Decoux à Louvain. J'ai aussi suggéré la présence à la vente de quelques policiers en civil pour observer la clientèle. Ils devaient faire le tri entre les badauds, seulement curieux de connaître les sommes astronomiques annoncées dans ce genre de ventes, ceux que les Stradivarius intéressaient réellement et enfin les acheteurs. Je conseillais enfin que les policiers se renseignent auprès de Christie's sur la possibilité d'être tenus au courant des ventes à venir. Il faut savoir que de telles ventes sont extrêmement rares, car il n'y a presque plus de Stradivarius dans le monde. Cela leur permettrait de suivre les éventuels suspects.

Les semaines passent. Je travaille dans l'idée que la police est sur l'affaire. Nous sommes le 4 avril 1997. C'est alors que je reçois un appel de la gendarmerie de Mechelen. Le policier demande à me rencontrer le lundi suivant, le 7 avril. Je suis en consultation. Ce coup de fil me surprend un peu, j'accepte. C'est seulement le soir que j'ai réalisé ce qui se passait. Personne n'était allé à la vente ! J'avais pourtant donné tous les détails, et ils avaient le culot de m'appeler quatre jours après pour un rendez-vous le 7 avril ! J'ai vraiment eu un coup de sang. Impatiente de connaître le fin mot de l'histoire, j'attends le lundi matin, parce que bien évidemment le policier en question n'est pas joignable le week-end. Le lundi, je l'appelle enfin et lui demande s'il a perdu la tête ou s'il se fout de moi. Je suis dans une colère noire : je lui rappelle que la vente a eu lieu le 1er ! Le policier bredouille quelques mots. Je lui raccroche au nez. Lui dire ce que j'avais sur le cœur m'a un peu soulagée. Pourtant, je me sens terriblement frustrée et dépitée : à cause de la nonchalance des gendarmes, nous avons peut-être manqué une opportunité incroyable de retrouver le petit garçon de Hofstade. Une demi-heure plus tard, le téléphone sonne. C'est la police judiciaire : « Madame Hutsebaut, nous avons compris que vous ne voulez plus travailler avec la gendarmerie. » Les bras m'en tombent. Je réponds : « Vous avez bien vu ce que cela donnait, mon cher. » Le policier finit par me demander à demi-mot si j'accepterais éventuellement de collaborer avec la PJ. Cela me fait plaisir, j'y suis prête, mais cela sert-il encore à quelque chose à présent ?

Je le reçois à mon bureau l'après-midi même. Il me confie que la gendarmerie a bien effectué des recherches en Allemagne (après m'avoir prise pour une folle), et qu'ils ont été étonnés de trouver un énorme dossier sur la disparition du petit Dominic Stahl. Tout ce que j'avais déjà dit s'y trouvait. La police voulait savoir si j'avais encore d'autres éléments au sujet de cette affaire et comment j'avais obtenu ces informations. Lasse, je n'ai pas répondu…

Il me semble pourtant que j'avais mis en lumière suffisamment de choses dans ces deux affaires :

– profil des victimes : identique ;

– lieu de l'enlèvement : similaire (des maisons éloignées de tout, bordées par un chemin de terre et une rivière) ;

– mode opératoire : identique ;

– moment de l'enlèvement : presque identique (un 3 mai pour Liam et un 1er mai pour Dominic) ;

– météo du jour du rapt : identique (une journée ensoleillée mais encore fraîche) ;

– circonstances (vente aux enchères près du lieu de l'enlèvement) : identiques ;

– conclusions de la police (noyade) : identiques ;

– résultats de l'enquête (à savoir, néant) : identiques.

Profil des victimes :

– entre trois et quatre ans. Ce qui est assez exceptionnel. Il est rare en effet qu'un pédophile enlève un enfant de trois ans. L'enfant est encore dans les couches, encore pénible à élever. Son seul « intérêt » est justement que l'on peut l'éduquer, le dresser et le former pour son plaisir;

– blonds aux yeux bleus;

– structure fragile;

– facilement influençables, donc faciles à « modeler »;

– parents issus d'un milieu moyen;

– rapt facile;

– victimes à bas risque dans la globalité, mais à haut risque compte tenu de leur âge.

Lieu de l'enlèvement:

– un petit village de campagne, une maison isolée en pleine nature;

– une rivière en face (pour faire croire à la noyade de l'enfant, ce qui permet au ravisseur de gagner du temps avec la police);

– peu de témoins;

– pas de circulation;

– lieu proche d'une grande ville où se trouve une salle des ventes.

Mode opératoire:

– le criminel se gare dans un endroit proche de celui du rapt. Il circule probablement dans une voiture volée ou louée;

– il se promène tranquillement, jusqu'à sa proie;

– il lui parle, sans doute dans sa langue, emmène l'enfant sans recourir à la force et le fait monter dans sa voiture;

– il part;

– pas de traces, ni de témoins.

Moment de l'enlèvement:

– à Mittenwalt (Allemagne) le 1er mai 1985;

– à Hofstade (Belgique) le 3 mai 1996.

Météo à ces dates:

– temps sec et ensoleillé.

Circonstances de l'enlèvement :
– dans les deux cas, il est probable que le criminel se trouvait là dans le cadre de son métier ou de ses intérêts, les ventes aux enchères.

Conclusions de la police :
– dans les deux cas, les policiers s'en sont tenus à la piste de la noyade.

Résultats des deux enquêtes :
– néant.

Profil provisoire du criminel :
– méthodique, très organisé, calculateur, mais repérable en raison des indices qu'il a fournis dans ses lettres. C'est un homme riche (puisqu'il court les salles des ventes à la recherche d'un Stradivarius), au-dessus de tout soupçon, très intelligent, parlant sans doute plusieurs langues et voyageant beaucoup. Un homme probablement âgé de quarante à cinquante-cinq ans, si l'on tient compte du fait qu'il est certainement impliqué dans la première affaire qui date de 1985 et qu'il est riche. Il n'est sans doute pas marié, ou alors divorcé, pour la simple raison qu'on ne peut pas enlever un enfant, l'emmener dans sa vie, en faire un objet sexuel et déménager souvent quand on a une femme et des enfants.

Propositions :
– la piste des salles de ventes et des Stradivarius doit impérativement être poursuivie, les salles des ventes passées au peigne fin. Il s'y trouve peut-être des listes de clients, des fichiers d'adresses. Les propriétaires doivent être interrogés pour retrouver des pistes. Peut-être connaissent-ils certains des clients ?

Voilà le profil détaillé que j'avais livré. Faute d'une collaboration entre équipes d'enquêteurs, et à cause d'une nonchalance révoltante, nous avons raté une occasion inouïe qui pourrait ne pas se représenter avant des années. Hélas, la rivalité entre police et gendarmerie n'est pas seule responsable de l'enlisement de certaines enquêtes. Ce serait compter sans le facteur humain, ou plutôt inhumain en l'espèce. Il s'agit de l'affaire Kim et Ken. La mère des victimes a eu une vie assez mouvementée : elle a été mariée trois fois, ce qui, nous sommes d'accord, n'en fait pas une criminelle pour autant. Mais cela a suffi à la discréditer lorsqu'elle est allée déclarer la disparition de ses enfants au commissariat. Deux enfants de pères différents qui jouaient dans une rue d'Anvers ? C'est une fugue... D'ailleurs, c'était les vacances de Noël et le gendarme – perspicace ! – a tout de suite pronostiqué : « Ils vont revenir pour l'école, dans dix jours. Ils vont se débrouiller à droite, à gauche. » C'est vraiment bien connaître les enfants et les fugueurs que de croire qu'ils ont des horaires, d'une part (l'école, la maison, les repas...), et qu'ils sont capables de se débrouiller seuls dans la rue à huit et douze ans, d'autre part. On a retrouvé le corps de Kim six semaines plus tard dans le port d'Anvers. Quant à son frère, Ken, malgré les recherches, aucune trace de lui. Au moment de la découverte du premier cadavre, nous étions en pleine affaire Van Geloven et je devais me rendre à Perpignan pour le procès ; or l'enterrement de la petite fille avait lieu le même jour. J'ai demandé à ce que tout soit filmé, car le langage corporel en dit parfois beaucoup plus long qu'un grand interrogatoire. Cela n'a pas donné grand-chose. En revanche, une semaine plus tard, un pull ayant été retrouvé sur le lieu du crime, les gendarmes avaient convoqué la mère pour l'identification de l'objet. Je devais me rendre au commissariat le même jour pour examiner la vidéo filmée pendant l'enterrement. La mère est devenue hystérique : c'était le pull de son petit garçon, Ken, dont on n'avait toujours aucune nouvelle. Elle a secoué le policier en hurlant : « Vous voyez ! J'avais coupé l'étiquette parce qu'elle le grattait ! J'ai toujours dit que ce n'était pas une fugue. Vous n'avez jamais voulu me croire ! Je connais mes enfants ! »

Dans le couloir, la mère hurlait encore. J'étais présente, et j'ai entendu cette phrase malheureuse d'un policier, commissaire de surcroît, à la mère : « Il vaut mieux que vous ne voyiez pas le corps de votre fille, parce que l'on n'a pu la reconnaître que grâce à sa dentition. » Si c'était vrai, c'est monstrueux. Faux, c'est sadique, or c'était faux ! J'avais vu l'enfant de mes propres yeux. Son corps était en parfait état, et parfaitement identifiable. L'enfant était en effet restée dans une eau à quatre degrés, ce qui avait conservé le corps. Les propos de ce commissaire étaient vraiment atroces. On imagine volontiers les images qui peuvent défiler dans la tête d'une maman qui entend ça ! Et puis soudain, derrière la porte, on a entendu des hululements... Les enquêteurs imitaient la mère ! J'ignore où j'ai puisé la force de ne pas défoncer la porte pour leur en coller une. Et ça n'est pas fini : j'ai ensuite entendu les flics traiter la fille de « pute dans un cercueil blanc » ! À douze ans ! Tout ça parce que la petite jouait dehors ! La presse a fait ses gros titres sur la vie privée de la mère pendant des mois. C'est cette même presse pourtant qui a bien voulu m'entendre un an après et qui a permis à la mère de raconter comment elle avait été traitée. Plusieurs caractéristiques permettront de confondre l'agresseur un jour, je le souhaite. Il a en effet laissé plusieurs indices, dont le premier fut ce fameux pull. Et quelques autres objets trouvés ici et là, comme le couvercle d'un seau de peinture avec la trace de deux pieds. Aucune expertise scientifique n'a été effectuée sur ce seau : ils ont pris une photo, rien de plus. Le jour de l'anniversaire de la maman enfin, un an après la disparition des enfants, la mère a trouvé les gants de foot de son fils dans la boîte aux lettres. Il se rendait au foot le jour de sa disparition. C'est un jeu de pistes, une façon de signer, de s'amuser en promenant les autres dans un labyrinthe macabre et, selon moi, une vengeance. Sinon, pourquoi le tueur aurait-il choisi précisément la date d'anniversaire de la maman pour envoyer les gants ? Soit il la connaissait déjà, soit il s'est débrouillé pour la connaître par les enfants, mais, de toute façon, cela signifie quelque chose...

« Vous avez perdu votre enfant ? Faites-en un autre ! » C'est en gros la solution que proposent certains mauvais policiers ou gendarmes. La collaboration est parfois si difficile. Lorsque je me heurte au barrage des autorités, je me demande s'il est bien raisonnable de vouloir changer le monde. Je ne cesserai pas, en revanche, de faire passer des messages, c'est plus fort que moi. Écouter les histoires des autres, s'occuper des histoires des autres, ce n'est pas une drogue ; c'est un poison violent. Ce qui me mine plus encore est le travail de sape de la gendarmerie. Dans l'affaire Dutroux, si le ministre De Clerck, inquiet devant la pression médiatique et le tohu-bohu causé par les parents de Julie et Mélissa, m'a envoyé deux gendarmes, ils n'ont pas hésité à me montrer leur hostilité deux jours plus tard. Aujourd'hui, il m'arrive de mener ma propre enquête en parallèle. En Belgique, l'état-major de la gendarmerie me voit d'un œil soupçonneux. Je travaille avec un tas de gens, même des gendarmes, mais je dois le faire en catimini, parce que certains me perçoivent comme une ennemie. Il y a les « pour » et les « contre ». Le poids des traditions fait que le profiling est encore trop souvent considéré comme un gadget américain, mais force est de reconnaître que la tradition ne donne pas beaucoup de résultats. J'agis quant à moi avec les méthodes que je connais. Dans l'enquête de Julie et Mélissa, je me suis retrouvée face à des carences graves. Aux questions que je posais (photo du lieu du crime, saisie d'objets personnels des victimes, recherche à l'identité judiciaire d'un psychopathe déjà condamné, etc.), on m'a seulement répondu : « Pour quoi faire ? » Ils ne réalisaient pas que, par négligence, ils avaient saboté l'enquête et que l'on avait forcément affaire à un « vieux routard » de l'agression, un récidiviste donc. Je suis choquée par cette indifférence.

Bien que rationnelle dans ma manière de fonctionner, je suis une vraie sentimentale. Je crois que c'est une force. Je travaille avec mon cœur et je refuse de vivre dans une société où l'on oublie les sentiments. Parfois, je me dis : « Si je trouve le corps d'un enfant, je le jette devant la porte de la gendarmerie, et puis voilà ! », pour qu'ils ne puissent pas dire que ce corps n'existe pas parce qu'on ne l'a pas trouvé. Les autorités ne croient que ce qu'elles voient, c'est tout le problème des disparitions. Un enfant n'est pour eux qu'un numéro de dossier, pas même un prénom tant qu'il n'y a pas de corps. Bien sûr, on ne rencontre pas que des incapables. Je demande pardon à tous les autres.

Chapitre V
Je suis un assassin

Je suis une femme et pas un homme. Je n'ai jamais tué personne ni été victime de quiconque. Pourtant, plusieurs fois par jour, je deviens un assassin. Je me rends auprès d'un agresseur pour comprendre son fonctionnement, ses mécanismes, apprendre de lui de nouveaux ressorts d'un psychisme profondément perturbé et donc réussir à décrypter les autres crimes, parce que ainsi je saurai ce que tuer veut dire. À cette fin, je me glisse dans la peau du tueur. Je l'écoute. Je rôde dans sa tête et me l'approprie autant que possible, même quand c'est « dégoûtant ». Jamais je ne suis dégoûtée par ce que je fais, par l'attitude que j'ai pu avoir, jamais agressive mais patiente, et ce pour une raison très simple : je signe une sorte de pacte spirituel avec la victime pour chaque affaire.

Mon engagement est total. Aucune affaire ne m'intéresse davantage qu'une autre, aucun criminel ni aucune victime. J'agis dans la mesure de mes possibilités, en ne disposant que de vingt-quatre heures dans une journée pour travailler (moins quatre heures de sommeil) et en réclamant de quoi vivre dignement (mais pas richement). Si ces problèmes bassement matériels n'intervenaient pas pour m'obliger à choisir, je prendrais toutes les affaires à bras-le-corps. Dès l'instant où il y a des victimes et un criminel en liberté, le pacte signé avec les familles des victimes est que nous allons nous unir pour le faire arrêter. C'est de l'ordre du devoir de mémoire. J'ai travaillé quatre mois sur un dossier à la demande de la sœur d'une victime assassinée. Quatre mois durant, cette victime m'a attendue, chaque soir, assise au bord de mon lit. Cela se passait dans ma tête, bien sûr, mais son visage semblait planer dans ma chambre. J'étais tellement hantée que je finissais par redouter le moment où j'allais devoir aller me coucher. Un jour, je l'ai vue se retourner et puis plus rien. Cette histoire de fantôme me mine encore, parce que l'affaire n'est pas résolue.

Je ne suis pas certaine de croire en Dieu, bien que j'aie été élevée dans la tradition catholique, mais je crois en la justice, en la vérité ! Si on appelle Dieu le respect pour l'autre, alors oui, je suis très croyante ! Et ma foi me pousse dans mes retranchements ; j'ignore si devenir un assassin mentalement, l'espace d'un entretien, c'est sortir de soi ou y entrer au plus profond. Toujours est-il qu'il s'agit d'un jeu diabolique. Il n'a rien d'amusant, mais puisque c'est nécessaire, je n'ai aucune honte à m'y prêter, j'en suis même plutôt fière.

Je ne me place pas face à un agresseur pour expulser ma haine. Mes enfants n'ont jamais subi d'agression. Que le tête-à-tête semble insurmontable à quelqu'un qui a été victime dans le passé, ou aux parents d'une victime, je le comprends. Je conçois parfaitement que l'on soit capable de tuer l'assassin d'un être qui vous était cher, et qu'il existe des incompatibilités viscérales, mais ce n'est pas mon cas. Je n'ai aucun mal à flatter un agresseur si cela sert à la recherche de la vérité, et il faut avouer que la douceur est souvent le meilleur sérum de vérité qui soit. Dire « je suis comme vous », ou plus finement, le faire sentir en faisant appel à ses capacités d'empathie, c'est infiniment plus « payant » que le bottin téléphonique à bras raccourcis sur la tête. Il faut savoir que certains ont reçu tellement de gifles dans leur enfance qu'ils sont habitués à la violence, et même qu'elle les excite. Je me souviens que Van Geloven, dans un louable élan de sincérité, avait avoué à son psychiatre qu'il était en proie à des fantasmes de violence et de barbarie, lequel a estimé que ce n'était pas grave tant que cela restait dans le domaine du fantasme. Pourtant, dans le monde de Van Geloven, tous les repères étaient brouillés. Dès l'âge de quatre ans, il est arraché à sa famille aux Pays-Bas. Sa tante, qui ne pouvait pas avoir d'enfant, l'a tout simplement emmené à Paris. Là, l'enfant pleure tous les jours, il a perdu son identité. Il est devenu la poupée, ou plutôt l'animal de compagnie de sa tante. Puis, entre onze et douze ans, le petit garçon, déjà gravement perturbé, est victime de plusieurs viols commis par son professeur de latin. Ce dernier, non content d'abuser de son élève, invente un petit jeu très pervers et destructeur pour l'enfant : quand son élève travaille mal, il le sodomise. Quand il travaille bien, il a *le droit* de faire une fellation à son professeur, ce qui est présenté comme une récompense. Finalement, quoi qu'il fasse, cet enfant était toujours puni. Cela a duré deux ans. Le professeur a fini par être découvert, mais n'a jamais été arrêté ; on l'a juste muté dans une autre école, où il a probablement continué. Ce cauchemar n'a pris fin qu'avec l'arrivée d'une petite « sœur », petite fille « achetée » en Italie par la tante comme un joujou et qui a valu à Van Geloven d'être envoyé en internat. Inutile de préciser que son premier viol fut commis sur sa sœur adoptive, par la suite devenue lesbienne. Elle a raconté leur vie au procès… Nul besoin de posséder une énorme dose de psychologie pour comprendre qu'éduqué à une telle école, Van Geloven puisse avoir des fantasmes intolérables. Il ne s'agit pas de les approuver mais de les entendre, de les lui laisser dire. Or le psychiatre qui s'occupait de lui a abandonné, estimant que ce n'était pas bien ! Comme si on lui demandait autre chose qu'entendre, sans juger, sans punir, en laissant juste la parole déferler parce qu'elle ronge et dévore celui qui la formule. Et cet être humain que l'on ne supporte pas d'écouter finit par dévorer les autres, les tuer. Entre le rejet des psys et la violence de certains policiers qui vouent une haine féroce aux pédophiles, on n'avance pas !

Donner des coups, par l'ignorance, le mépris, les gestes, c'est montrer sa faiblesse. Un tueur en série ne craquera jamais devant un flic violent. C'est la tendresse qui le désempare, ce qu'il connaît mal, ce qu'il n'a pas vécu. J'ai déjà expliqué qu'il ne fallait jamais interroger un psychopathe comme Dutroux la nuit, car puisqu'il vit la nuit, c'est là qu'il est le plus redoutable ; il faut au contraire le déstabiliser, le surprendre. Un policier qui connaît la date d'anniversaire de la mère de son « client » a davantage de chances d'obtenir la vérité en jouant sur la corde sensible ce jour-là, par exemple, qu'en fonçant tête baissée de façon agressive. Avant de commencer, il faut connaître son sujet et se garder de lui poser des questions trop vite. Il faut tenter de le décontenancer pour qu'il sorte de sa réserve, en savoir toujours plus que lui, et qu'il ne le sache pas, se mettre à sa place et savoir lire entre les lignes. Ma première entrevue avec les agresseurs a souvent lieu en prison, au parloir des avocats. Généralement, je suis leur seul visiteur en dehors de leur avocat, alors j'entends la complainte du criminel : « Ma mère ne pensait jamais à moi... » Je pourrais répondre : « Ce n'est pas une raison pour tuer quelqu'un ! », et ça, c'est la réponse objective. Mais la réponse subjective, c'est de se demander : « Ah bon ? Et pourquoi il dit ça ? Et d'abord, est-ce que c'est vrai ? » Sauf que, là encore, il est impensable d'attaquer de front en rétorquant : « Pourquoi dites-vous cela ? » J'attends. Puis je demande : « Au fait, quel est le cadeau d'anniversaire qui vous a le plus marqué ? » S'il me répond : « Un Carambar », j'accrédite davantage sa thèse que s'il me répond : « Une voiture de sport », mais, là encore, je continue à observer pour savoir si, oui ou non, sa mère était nuisible et mauvaise. Je n'ai pas besoin de rencontrer la mère, il me suffit de déceler la vérité à travers les mailles du discours. Il faudra ensuite fouiller davantage, avoir la patience de remonter à la source.

L'ambiguïté de la situation tient au fait que le criminel est flatté dans son narcissisme, que dans une certaine mesure, ma « douceur » lui fait plaisir. Est-ce grave ? Puisque je peux obtenir une plus grande part de vérité grâce à cela. Il aime que je lui demande : « Qui est l'enfant cassé en toi ? » Il apprécie que je ne juge pas, parce que ce n'est pas mon métier. Il préfère qu'on ne parle pas du crime. Pas tout de suite. Un criminel peut finir par me décrire un fantasme, dont je pourrai éventuellement déduire qu'il correspond étrangement au profil de l'agresseur d'une autre affaire non élucidée ; je ne me sens pas souillée pour autant. Comprendre un pervers n'implique pas que je devienne perverse à mon tour. Jamais je ne perds de vue le droit chemin, celui que je reprends dès que se ferment les grilles de la prison ou la porte de mon cabinet. Si je craignais qu'il en fût autrement, je n'exercerais pas ce métier. Il faut faire preuve d'empathie mais aussi savoir rester très neutre. Si j'avais été victime, il y aurait toujours un moment où une parole me ferait du mal, où il deviendrait trop difficile pour moi d'écouter. Si j'étais un homme, j'aurais une proximité plus grande du fait de l'identité des sexes et l'identification pourrait se révéler insupportable au bout d'un moment. En me contentant de sentir l'autre, dans ma situation, je n'ai pas de pulsion violente. Je n'éprouve pas non plus de pulsion amoureuse, contrairement au grand fantasme sur lequel joue un peu trop le film *Le Silence des agneaux* et au mythe éternel de la femme éprise du criminel. Je crois pourtant volontiers qu'une femme puisse tomber amoureuse d'un psychopathe ; la vie est pleine de psychopathes non criminels. Ils sont fabuleusement attendrissants, mais ce ne sont pas ceux qui ont tué.

Un psychopathe « léger » est cet être que nous avons tous connu un jour et qui nous a émus parce qu'il avait gardé une certaine fragilité de son enfance brisée. En revanche, ce n'est pas celui qui a fait de ses blessures une machine à tuer. Les gens qui ont souffert, d'une façon générale, sont souvent d'habiles manipulateurs parce qu'ils savent sur quel point sensible appuyer. Je connais des gens qui ne vont pas très bien, un peu pervers, qu'on peut aimer et qui n'ont pas tué. Un pervers, c'est quelqu'un qui, par sa gentillesse ou son intelligence, parvient à vider l'autre de sa substance et à s'en servir pour le détruire. Mais il y a des niveaux. Il y a « détruire » et « détruire ». Les « miens » ont commis l'acte irréparable et ultime qui fait que je ne peux en aucun cas m'attacher à eux, quels que soient leurs remords, fréquents pendant la thérapie. Je ne considère pas qu'un tueur qui regrette, surtout un pédophile, soit guéri. Cela accrédite la thèse selon laquelle on peut « passer à l'acte », puis « regretter », autrement dit oublier, passer à autre chose, donner un coup d'éponge. J'ai participé récemment à une émission en Hollande où le pédophile, pas ébranlé pour un sou, dominait la situation et jurait en pleurnichant qu'il était désolé. Ça n'a aucun intérêt. Les regrets, c'est moi qui les éprouve : que ces hommes n'aient pas été suivis, qu'ils n'aient pas cherché d'aide, qu'ils soient devenus définitivement pas « aimables ». Certaines choses me touchent, notamment cette confiance qu'ils me témoignent au bout d'un moment, leur grande honnêteté après de longs mois de travail, honnêteté envers moi mais surtout envers eux-mêmes. C'est dans la plupart des cas un soulagement incroyable pour le détenu d'avoir enfin pu en parler et se confier. C'est un poids en moins sur leurs épaules. Ils ont l'impression de mieux respirer et ils sont moins angoissés. Mais c'est un attendrissement conditionnel. Je connais des psychopathes qui ont été suivis et qui auraient certainement tué sans cela. Ils n'ont pas sauté le fossé infranchissable qui rend mon attachement impossible. Ils ne sont pas mes clients. Ceux que je vois en prison, j'essaie d'évaluer leur degré de dangerosité afin de prévenir la récidive et d'empêcher qu'ils soient relâchés si j'ai le moindre doute. Car la société demande trois choses face à un criminel : la punition, la réparation et l'absence de récidive…

Marc a quarante ans. Il est incarcéré à cause de la disparition d'une petite fille, il y a des années. On n'a jamais retrouvé aucune trace de la petite. Neuf ans plus tard, une piste amène la police à fouiller sa vieille ferme au peigne fin. Marc vit seul chez ses parents. Sa mère est très autoritaire, son père extrêmement faible. Il est arrêté.

Depuis, Marc refuse de parler aux policiers. C'est un homme très intelligent, qui maîtrise plusieurs langues. Dans les couloirs de la prison, on l'appelle « le deuxième Dutroux ». Il a entendu parler de moi dans la presse et a lu mon livre précédent. Il a demandé à sa mère de me contacter. C'est ainsi que je suis arrivée au parloir de la prison…

Je le salue et m'assieds en face de lui. Il m'observe, essaye de m'analyser, de me cerner. J'en ai conscience, mais comme je n'ai rien à cacher, je reste ce que je suis : moi-même en toutes circonstances. C'est d'ailleurs la méthode la plus simple et efficace. Marc cherche en moi la victime, les failles, les faiblesses. Il n'en trouve pas. Cela le déstabilise, visiblement. Il a dû penser : « Je vais la manipuler, lui mentir et elle rédigera un rapport favorable sur moi. Comme ça, je sortirai vite de prison. Après tout, j'aime les enfants. »

— Vous n'aimez pas les enfants, Marc. Vous aimez le sexe avec les enfants, c'est différent.

— Je n'ai jamais eu l'intention de faire mal à un enfant.

— Tout dépend de votre interprétation du terme « intention ». Si vous voulez dire par là que vous ne lui avez pas fait mal *intentionnellement*, ou pour le faire taire, je veux bien vous croire. Mais je suis convaincue que vous faites du mal parce que cela vous excite. Et dans ce cas, votre excuse ne tient pas. Elle ne m'intéresse pas. Je voudrais que vous me fassiez un devoir pour la semaine prochaine. Je voudrais que vous me décriviez un de vos fantasmes préférés. Je reviendrai dans une semaine.

Un criminel tel que Marc a besoin de se retrouver face à des gens qu'il « estime », autrement dit à des personnes dignes, selon lui, de se mesurer à lui. Un peu comme quelqu'un qui n'accepterait de disputer un match de tennis que contre un très grand champion. Les criminels intelligents et vicieux n'aiment pas jouer contre un débutant, ils préfèrent se confronter au meilleur ou, du moins, au meilleur à leurs yeux. C'est un défi pour eux. Cette ambiguïté de comportement est frappante : ils s'attaquent aux enfants pour se sentir « maîtres », mais lorsqu'ils sont démasqués, ils veulent être attaqués par les « maîtres » en la matière. Et Marc me voyait ainsi.

Dans cette affaire, alors que j'intervenais à la demande de l'avocat de Marc, je n'ai eu d'autre choix que de convaincre la cour que cet homme représentait un très grand danger pour la société. Ceci n'a même pas mis en péril la relation que j'avais avec lui. Dès le début, en me basant sur nos entretiens, les tests effectués et les fantasmes qu'il m'avait écrits, je lui ai dit : « Marc, vous êtes un homme très dangereux. Vous ne voulez pas changer. Vous n'avez jamais eu de rapports sexuels avec un adulte, que ce soit une femme ou un homme. Les rapports sexuels avec des adultes vous dégoûtent. Vous estimez que c'est la société qui a un problème avec votre comportement, mais que ce n'est pas un problème pour les enfants. Vous vous trompez et refusez de l'admettre. Nous, la société, nous ne voulons pas de gens comme vous parmi nous. Donc, le rapport que je dois rédiger sur vous ne sera pas en votre faveur. Je demande un enfermement de dix ans. Je sais que c'est beaucoup, parce qu'il y a très peu de preuves contre vous, mais vous savez aussi bien que moi que si vous n'avez pas encore tué d'enfant, vous allez en tuer dès que vous sortirez d'ici. Vous le savez, n'est-ce pas, Marc ? »

Il ne m'en a jamais voulu et continue à me contacter pour parler de ses problèmes. Le tribunal l'a condamné à une peine de dix ans ferme...

Quand j'en suis arrivée au stade de la confession, c'est que j'ai déjà bien travaillé. Je me souviens des mots de Van Geloven : « Vous savez maintenant comment je fonctionne et comment je pète les plombs. À vous de décrypter. » J'ai gardé environ mille pages de notes retranscrites de mes entretiens avec lui. J'ai encore beaucoup à y apprendre parce qu'il m'a tout livré, ou du moins énormément, de sa façon de fonctionner. Un autre criminel dont je préfère taire le nom tenait le même discours ; je sais qu'il a laissé derrière lui un nombre de victimes largement supérieur à celui pour lequel il a été condamné. Toutes les clés se trouvent dans mes notes, des indices, des pistes, sans doute des moyens de résoudre des affaires non élucidées. Cela demande malheureusement beaucoup de patience et de recul. En intégrant parfaitement bien le moteur, l'élément déclencheur, la signature, il n'y a plus qu'à réexaminer les dossiers en cours à la lumière de ce nouveau profil. Tout ce que j'entends de la bouche des tueurs ou des violeurs d'enfants, je le garde « au bain-marie », pour plus tard. Je laisse mijoter et, petit à petit, quand d'autres éléments me parviennent par d'autres sources, de nouveaux « clients », j'ajoute au bain-marie ; au bout d'un moment, le diagnostic s'affine, tout prend sa place. Mais avec mes cent quarante-quatre dossiers, victimes et coupables confondus, je manque même de temps pour les entretiens en prison. J'y passerais ma vie si je le pouvais. J'y ai tout appris. Quand les agresseurs acceptent que je les enregistre, je le fais pour pouvoir les réécouter, entendre non seulement le contenu mais aussi les silences, les souffles, les respirations : tout compte. Cependant, même pressée, je dois prendre garde à laisser du temps au temps, le temps de l'aveu, de la vraie sincérité. Parfois, je les coupe en pleine lancée (« Vous me direz ça la prochaine fois »), parce que je sens qu'ils n'auraient eu le temps de me révéler que le début, qu'ils auraient réfléchi d'ici la semaine suivante, et plus rien dit. J'aimerais aussi filmer, pour savoir où sont les yeux, à gauche, il ment, à droite, il cherche à gagner du temps – ce genre de ficelles qu'on enseigne au FBI est le fruit de statistiques faites sur des criminels. C'est hélas compliqué, long et lourd techniquement. Le centre Gracewell, le seul établissement, avec l'Institut Pinel au Canada, qui traite les criminels sexuels en profondeur, a recours à ces techniques. Il faut savoir qu'un sortant de prison pour crime sexuel sans thérapie, c'est 97 % de récidive ; après Gracewell, seulement 3 %. La pression sur les agresseurs n'est pas relâchée durant dix-huit mois. Ils sont enfermés. Leurs seules sorties s'effectuent avec un thérapeute dans le village. Ceci dit, l'institution a déménagé et changé de nom parce que les habitants ont brutalement découvert que leurs « voisins » étaient des pédophiles. Le réflexe est compréhensible mais malheureux.

J'ignore si c'est le fait d'être une femme qui donne cette patience, cette tolérance que je trouve chez peu d'hommes. Les hommes, souvent, agressent, laissent la place à leurs propres sentiments. Ils font ce que j'appelle de la « fausse empathie », c'est-à-dire qu'ils se mettent à la place de l'autre en restant eux-mêmes, qu'ils ne peuvent s'empêcher de penser « à sa place, j'aurais fait ceci, ou cela », or par définition, à sa place, nous n'y sommes pas. Quand un homme doit travailler avec un pédophile, ou un tueur en série, soit il sait devenir un peu « femme », penser un peu « femme », soit il l'agresse, je l'ai souvent remarqué. Les femmes me semblent plus aptes à communiquer et à écouter. J'ai connu de bons profileurs hommes, comme femmes, mais je suis intimement convaincue qu'une équipe homme/femme serait l'idéal. Nous ne sommes pas fabriqués sur le même moule, il serait temps de l'accepter pour mettre nos deux catégories de talent à profit.

J'ai rencontré un juge d'instruction au cours d'une terrible affaire dont je ne supportais pas le mystère. Je lui disais souvent : « Ce n'est pas possible ! On ne peut pas en rester là ! Il faut arrêter ce salaud ! » Le juge me répondait : « Madame Hutsebaut, vous êtes trop impliquée en tant que femme et mère de famille. » Il me soupçonnait d'avoir trop de « cœur », et de travailler avec... Est-ce possible ? Un profil rationnel n'existe pas. Tout est émotion. L'acte commis par l'assassin s'est produit sous le coup d'une émotion, peu importe laquelle: la rage, la colère, la tristesse, l'abandon, la frustration, c'est de l'émotion, du sentiment! On ne peut donc pas dresser un profil seulement d'après les faits. Pour le concret, les policiers sont souvent bons. Le profileur, lui, travaille avec des sentiments: dans quel état est l'agresseur maintenant? Il en profite? Il en jouit encore? Il a des regrets? Il a peur? D'où l'importance d'une collaboration entre policiers et profileurs. Beaucoup de professionnels veulent se mettre en avant quand il y a mort d'homme. En ce qui me concerne, quand j'aide à élucider un cas, je n'ai qu'une envie: aller me coucher, dormir, oublier. Je n'aime pas être sous le feu des projecteurs après une affaire, or on me pose dix mille questions: comment avez-vous fait? Deviné? Quelle science vous aide? Je ne suis ni médium ni scientifique. Je suis d'une logique absolue, mais paradoxalement très liée aux émotions. Sans mon cœur, je serais aveugle.

Pour devenir un très bon profileur, il faut commencer par se connaître soi-même, être conscient de ses limites. Je m'observe. J'apprends par mes fautes. J'accepte la critique. L'humilité est de mise dans ce métier. Pour comprendre le fonctionnement des autres, il faut accepter la métamorphose, même temporaire. Entrer dans la peau de quelqu'un, c'est emmagasiner sa vie, son passé, grandir avec lui... Je me fonds dans la peau du criminel, mais aussi dans celle de la victime.

Pour dresser le meilleur profil possible d'un criminel, il faut d'abord connaître la victime. On a souvent des surprises en fouillant dans la vie de quelqu'un. La famille ne sait pas toujours tout, ne peut pas tout dire. Dans la chambre de la victime, quand on entre, on sent des choses. Qu'est-ce qui comptait dans cette existence? De quoi était faite sa vie? Et je commence à devenir cette personne, comme je m'efforce de devenir un criminel. Si je trouve plein d'animaux en peluche, je peux déduire que la victime avait besoin d'affection, même si cette déduction semble primaire. Les réflexes les plus élémentaires ne sont pas toujours les plus mauvais. Si la chambre de la victime est impeccable, très organisée, cela indique probablement que sa vie est structurée. Si au contraire elle est en désordre, cela révèle que la victime était susceptible de partir avec quelqu'un qu'elle ne connaissait pas. Je discute avec la famille, avec l'entourage, les frères, les sœurs. Je demande : « Comment réagissait-elle dans telle ou telle situation ? » C'est alors que je me dis : « Moi, Marie – et je suis Marie – qui peut venir me séduire ? Et dans quelle situation ? De quoi ou de qui ai-je besoin ? » Je me suis posé mille fois la question. Qui pourrait m'embarquer, me balader ? Il n'existe pas de portrait-robot de la victime mais des éléments fragilisants : faire confiance à outrance, être méfiant à outrance... L'équilibre entre les deux, qu'il faudrait tenir dans l'idéal pour n'être la victime adéquate d'aucun psychopathe, est si fragile que personne ou presque n'est à l'abri. Tout individu est une victime potentielle.

Il est nécessaire de modifier et d'affiner le profil d'une victime ou d'un criminel au fil de l'enquête. On pourrait croire que c'est simple, qu'un jour, on « tient » le bon profil, mais il y a toujours des éléments nouveaux qui arrivent pour semer la pagaille. Le profiling est tout sauf une science définitive. Pour élucider un crime, il faut déjà se baser sur les dernières quarante-huit heures de la victime : où est-elle allée ? Qui a-t-elle rencontré ? S'est-elle rendue à une fête ? Quel temps faisait-il ? Tout compte ! S'il fait très froid, qu'il pleut, qu'il fait noir, il y a peu de chances pour qu'elle se promène dans le bois de Boulogne, alors qu'est-ce que son corps faisait là ?

A-t-il été transporté ? Par qui ? Les questions s'alignent, sans fin. Les réponses tombent, toujours incomplètes. Et l'on commet des erreurs parfois. J'en ai déjà fait l'expérience.

La victime joue un rôle pour l'agresseur : elle n'est pas un objet inanimé. Sa façon de réagir trace un profil de psychopathe. Se défend-elle ? Crie-t-elle ? Quel intérêt y trouve-t-il ? Se laisser faire est déjà une façon de se comporter. L'agresseur se prépare au rejet, rarement à ce qu'on le laisse faire. Ça l'excite qu'on le supplie : « Laissez-moi en vie. » Casser ses fantasmes, c'est lui dire : « Je dois faire caca, pisser », être vulgaire. Ou bien le déstabiliser : « Vous voulez me violer ? J'ai aussi envie de baiser, pourquoi on n'irait pas dans un petit hôtel ? » Ça casse son sentiment de supériorité. Ou il jette ou il tue plus rapidement, mais il risque plutôt de jeter. Un agresseur est un prédateur. Il se lance un défi, vit quelques heures comme un lion qui observe un troupeau. Si les réactions sont imprévisibles, aux antipodes de l'attente du psychopathe, il sera complètement désarçonné.

Le profiling a encore de gros progrès à faire en Europe. Je me sens très isolée, même si cette méthode de travail commence à se développer, à entrer dans les mœurs, grâce aux téléfilms américains notamment. Dans dix ans, ma vie sera plus facile. On ne me regardera plus de travers dans les locaux d'une gendarmerie ou d'un commissariat lorsque je dirai : « C'est logique qu'il l'ait découpée en morceaux. » Si quelqu'un veut prendre ma place, se glisser dans la peau de l'assassin, se faire psychologiquement tueur plusieurs fois par jour, je suis prête à passer la main. Mais je préférerais que l'on vienne m'épauler et que la profession se développe. Mon métier me vampirise, mais je n'y renoncerai pas tant que d'autres ne prendront pas la suite. Ce n'est pas en diabolisant ou en fuyant les tueurs que le problème se réglera. En proclamant : « Je hais ce salopard, je veux sa peau », on le fait fuir assurément, tandis que l'écouter, c'est l'enserrer solidement dans les mailles du filet. Cette traque psychologique proche de la chasse à l'homme, où je pianote sur les sentiments tout en en éprouvant le moins possible, m'use et me fait grandir à la fois.

Chapitre VI

« J'ai violé mais j'ai mes raisons »

(paroles d'agresseur)

Que ce soit à mon cabinet ou au parloir des prisons, j'ai tout entendu de la bouche des agresseurs, notamment des justifications à n'en plus finir, leurs explications plus ou moins sincères pour un acte par définition injustifiable. À chaque fois que je pensais avoir entendu le pire, je revenais de cette certitude. Quand on se contente de considérer le crime en lui-même, on peut se demander : « Mais comment un homme ose-t-il encore vivre après ça ? En gardant le souvenir de ça ? » Eh bien, c'est simple : beaucoup de criminels impulsifs ne regardent pas leur crime ; ils estiment que ce n'en est pas un, ou encore ils « oublient »...

Fin juin 2000, c'est le dernier jour d'école à Schiedam (Pays-Bas). Deux enfants de dix ans, une fille et un garçon, sont sur le chemin du retour, à vélo. Ils traversent un parc. Dans le parc rôde un agresseur. Il jette les deux enfants à bas de leurs bicyclettes et les entraîne de force dans les buissons. Il bat le petit garçon à mort, du moins c'est ce qu'il croit. Il viole la petite fille et la tue. En vérité, le garçon n'était pas mort mais avait eu l'intelligence de ne plus bouger. Ça lui a sauvé la vie. Sa petite copine, elle, n'en a pas réchappé. Le garçon est toujours à l'hôpital. Je me trouvais aux États-Unis lorsque j'ai pris connaissance de ce nouveau drame sur Internet. Je ne me suis donc pas occupée de l'affaire. Cependant, en me basant sur le peu d'éléments en présence, je suis convaincue que l'agresseur est de type impulsif.

Un impulsif a un profil relativement facile à identifier : il vit seul, ou bien chez sa mère, à un âge où la plupart des jeunes adultes ont quitté le toit familial. Il a des problèmes relationnels, du mal à s'intégrer. Il est incapable d'entretenir des relations avec des adultes, vit un peu en marge de la société, n'est pas très intelligent, n'a pas de métier stable. Il est d'ailleurs souvent sans emploi. Il a rarement son permis de conduire et ne possède donc pas de voiture, ou alors en mauvais état et très mal entretenue. Il a en général un dossier psychiatrique quelque part parce que son comportement général a dû alerter ses proches. Il est parfois déserteur ou n'a pas effectué son service militaire en raison de ses troubles psychologiques. Lorsqu'il commet un crime, il se peut qu'il connaisse sa victime, mais ce n'est pas toujours le cas. Il laisse beaucoup de traces derrière lui. En général la victime est retrouvée dans un délai de quinze jours. Dans le cas de Schiedam, on peut être presque certain qu'il s'agit d'un individu ayant vécu un traumatisme peu avant son *acting out*, ou passage à l'acte. Le besoin de détruire était très pressant et le schéma assez « simple » : « J'ai souffert, à présent, quelqu'un va souffrir pour le mal qu'on m'a fait. » Cela s'arrête là. Les méthodiques, quant à eux, jouissent de leur crime. Ils sont très intelligents et manipulateurs.

Les arguments et les mensonges des pédophiles me laissent toujours sur le flanc, comme une source intarissable à laquelle ils s'abreuvent. C'est d'abord contre le mensonge qu'il faut lutter, car le pédophile ment, en particulier à lui-même. Je vois des hommes arriver chez moi « cassés ». Ils ont été brisés par leur enfance, leurs parents, leur environnement. Cependant, ils ont souvent mené une double vie. Ils faisaient le bien d'un côté, et le mal de l'autre. Cela crée dans leur esprit une sorte d'équilibre. Et puisque, pour eux, tout est bon à prendre, ils s'en servent comme d'une excuse : « Je sais qu'on ne doit pas toucher à un enfant, mais moi aussi, j'ai droit à quelque chose, je fais tellement de bien autour de moi. » Ainsi, ils pensent qu'ils n'ont rien à se reprocher. Rien... sauf ça. Ils se décrivent comme de véritables saints, toujours prêts à aider les autres, ce qui est parfois vrai, du moins tant qu'il n'y a pas d'enfant à l'horizon. Il rendait service à son voisin, il apportait des croissants à sa mère, aidait la petite vieille à porter ses commissions, seulement voilà : un jour, un enfant lui a demandé de l'aider à traverser la rue, une femme seule sur l'autoroute avait besoin de changer une roue, et le « saint » les a violés, quand ce n'est pas tués. Cet altruisme relatif présent chez l'agresseur, tant qu'il n'a pas croisé son profil de victime, compense les horreurs qu'il commet ou rêve de commettre.

Mais il ne suffit pas qu'il soit tombé sur la « bonne » victime. Un agresseur doit se trouver dans un certain état pour pouvoir commettre un crime. En général, tout part d'un sentiment de rejet. Lorsqu'un individu va bien, il lui est difficile de passer à l'acte, de faire du mal. Il est heureux, il se sent accepté, il a des choses à perdre. C'est lorsque tout son univers commence à basculer qu'il se retrouve du côté du mal. Or son univers bascule suite à une accumulation de frustrations ; et comme il ne veut pas se sentir frustré à nouveau, il va chercher une victime plus faible que lui. Cela lui permet de se reconstruire, du moins c'est ce qu'il pense. Nous sommes tous un peu comme ça. Tout le monde ou presque a un jour subi une série d'événements qui font que tout va mal : on s'est couché trop tard, donc on se réveille en retard le lendemain, ce qui fait qu'on arrive trop tard au bureau et que le patron se fâche ; du coup, on se sent encore plus mal, ce qui fait qu'on explose pour un rien et que la situation va en empirant, ce qui fait que le patron nous renvoie, et donc qu'on ne peut plus payer le loyer et les factures qui s'amoncellent ; alors on devient désagréable avec tout le monde, ce qui fait que tout le monde commence à se lasser ; on se sent seul, on considère ça comme une injustice, on croit que tout le monde se fiche de notre misère, et la frustration grandit... La conséquence directe est que l'on va chercher à « évacuer son stress » sur une victime plus faible que nous. Chez une personne « équilibrée », cela se traduit en paroles, en pleurs parfois, en cris. Mais chez un individu au psychisme profondément perturbé, cela se traduit en actes, par une agression ou un meurtre. Il est évident que ce n'est pas la bonne façon d'agir, mais il ne s'en rend pas compte. Au cours de la thérapie, on essayera de reconstituer les événements qui ont conduit au passage à l'acte et engendré cette immense violence. Et l'on découvre souvent que les raisons sont très nombreuses.

Le jour où un agresseur arrive dans mon cabinet, il dit ne pas comprendre parce qu'il a tout perdu, à cause de cette « toute bête » histoire de viol. Tout le monde est désormais au courant dans le quartier et il se demande comment il va s'en remettre. La rémission de la victime est instinctivement le cadet de ses soucis. Mon but n'est pas de le dévaloriser, car c'est souvent une frustration qui est à l'origine du passage à l'acte, mais de le mettre face à la vérité : aucune douceur envers qui que ce soit n'excuse le viol ou le meurtre d'un enfant. Je peux épauler les agresseurs dans leurs démarches pour trouver un emploi parce que ça fait partie de la thérapie. Je peux les aider à changer de ville, mais je dois surtout les amener, au cours des dix-huit mois de traitement environ, à parvenir à la déstructuration totale de leur personnalité mensongère pour reconstruire « du vrai ». Ce n'est pas la couleur des murs qui cloche mais l'image qu'ils ont d'eux-mêmes. Depuis l'enfance, ils mentent. L'origine de ces mensonges est variable : parfois, les parents ont fait preuve d'une totale indifférence ; parfois encore, aucune communication n'était possible dans la famille. Ou bien l'un des parents était alcoolique. Ou encore, l'enfant était victime d'abus sexuel.

Il existe cinq grandes catégories de maltraitance de l'enfant : d'abord, la maltraitance physique (coups et blessures), puis la maltraitance psychologique (« tu ne vaux rien, personne ne veut de toi… »), la maltraitance émotionnelle (menaces, enfermement dans un placard, privation de nourriture, punitions répétées, etc.), la maltraitance sexuelle (attouchements, viol) et enfin la maltraitance du parent dépendant, ou parfois des deux, drogué(s) et/ou alcoolique(s), qui peut être passive mais n'en fait pas moins de dégâts.

Lorsqu'un individu a souffert d'au moins trois de ces cinq types de maltraitance, cela peut créer un *post-traumatic stress disorder*, une sorte d'état de choc aigu provoqué par un ou plusieurs traumatismes. Il a dès lors besoin de l'aide d'un professionnel pour retrouver son équilibre.

Chez la plupart des agresseurs, on retrouve souvent les cinq catégories rassemblées. C'est la raison pour laquelle ils se fabriquent un autre univers basé sur le mensonge, afin d'échapper à leur sort et au souvenir de leurs traumatismes, mais aussi pour ne pas être confrontés à leurs actes. Ils détournent la vérité. Par exemple, ils ne diront pas : « J'ai tué quelqu'un », mais plutôt : « J'ai fait une bêtise. » Ce qui invite leur interlocuteur à répondre : « Bien sûr, qui n'en fait pas dans sa vie ? » Le criminel croit ou cherche à se convaincre qu'il a fait des efforts pour parler de ses « problèmes » mais que les gens s'en fichent. Il en déduit que si personne ne l'écoute, c'est que ce qu'il a fait n'est pas si grave... Même au psychiatre, l'agresseur a tendance à mentir. Il n'a pas intérêt à dire la vérité sur ses actes, puisqu'il risque de se retrouver en prison ; de même, si le psy connaît déjà un bout de l'histoire, l'agresseur n'a pas intérêt à tout lui dévoiler, donc il faut le défier tout le temps. Certains viennent me voir spontanément, mais ils ne pensent pas pour autant avoir commis un acte répréhensible. Ils estiment que c'est la société qui a un problème avec l'abus sexuel, une chose vieille comme le monde. Ils viennent quand ils craignent qu'une victime parle, quand ils ont peur. C'est leur plus gros mensonge : croire qu'ils veulent être aidés. Les clients volontaires représentent une dizaine de cas sur mes cent quarante-quatre dossiers. C'est avec le temps qu'ils finissent par tout dire ; du moins, tel est mon but. Je me souviens d'un homme que je voyais régulièrement. Il avait violé cinq enfants et s'était ouvert les veines en prison. Il disait : « Je regrette : la preuve est que je veux mourir. » J'étais sceptique. À la seconde visite, il me lance : « J'ai de nouveau une lame et je sais comment ne pas me rater. » J'ai répondu : « Très bien ! Tu fais ça quel jour ? » Je lui ai alors demandé de me donner la lame et je lui ai expliqué : « Je la mets dans ton dossier et quand tu en as besoin, tu me le dis. » Ça l'a forcé à bien réfléchir, et sur la punition dont il se menaçait en théorie, et sur l'acte qui l'avait envoyé en prison. La lame est toujours dans son dossier. Il est sorti au bout de six mois et il va bien. Qu'il sorte n'est pas une victoire en soi. La victoire, c'est qu'il ne récidive pas, qu'il ait compris son geste, et qu'il ressente un véritable regret. Dans son cas, je le crois. Quand je me déclare favorable à la libération de quelqu'un, je suis sûre de mon coup. Je ne prends jamais un tel risque si j'ai le moindre doute !

Les pédophiles usent souvent d'un autre argument pour se justifier : « Moi aussi, je suis un enfant. » Ils ne voient pas la frontière entre eux, qui ont un corps d'adulte, une expérience d'adulte, et les enfants. Je viens de recevoir un fax reproduisant une petite annonce : un adulte cherchait des enfants pour correspondre « entre enfants ». Ils ne sont pas conscients qu'ils ont perdu la naïveté de l'enfance même si, dans leur tête, ils en ont gardé la fragilité, voire le psychisme. Ils mentent comme des mômes. J'utilise souvent la métaphore des œufs en chocolat pour expliquer leur façon d'être. On dit à un enfant : « Tu ne touches pas aux œufs de Pâques, ce n'est pas pour maintenant, tu en as déjà mangé ». Dès qu'on tourne le dos, il en mange un. On le voit, parce que sa bouche est pleine de chocolat, mais lui ne le voit pas. On lui demande : « Tu en as pris un, n'est-ce pas ? » Il nie. On insiste : « Tu en es sûr ? » Mais il continue à mentir. C'est quand on lui tend un miroir qu'il avoue piteusement. Une des facettes de mon métier est de tendre le miroir. C'est ainsi qu'un pédophile m'a avoué le viol qu'il avait commis sur un enfant. Je l'avais questionné, prêchant le faux pour savoir le vrai : « Vous êtes fétichiste ? » Évidemment, dans ces cas-là, je n'ajoute pas : « Oh mon Dieu, quelle horreur ! » Ça ne me regarde pas. Les gens peuvent bien être aussi fétichistes qu'ils le souhaitent tant qu'ils ne tuent ou ne violent personne, je n'ai pas à juger. Le pédophile s'est senti découvert et il a acquiescé. Il ne s'attendait pas à la question, mais moi, j'avais vu le chocolat autour de sa bouche. Alors il a pensé : « Elle sait que j'en ai mangé un... mais pas deux ! » Seulement j'ai continué sur ma lancée : « Vous êtes voyeur ? » Il a répondu par l'affirmative. J'ai surenchéri comme ça un moment. Il est rare que je joue à prêcher le faux pour le vrai, mais ce que je fais plus volontiers, c'est nier une évidence pour obtenir la vérité complète. Par exemple, je peux affirmer, pleine d'aplomb : « D'accord, vous avez fait ceci ! Mais vous n'êtes quand même capable de tuer ?! » Il répond : « Non, mais enfin... Parfois... Vous n'êtes jamais surprise par les gens ? » Il dit encore : « Vous n'êtes pas loin de la vérité... » Je me révolte : « Oui mais bon, vous n'avez pas tué... Pas vraiment, même si je ne suis pas loin... » Il répond : « Non... Mais... » Et puis il craque. Quand quelqu'un m'avoue un meurtre, je ne hurle pas : « Ça y est ! Piégé ! » Je n'appartiens ni à la police ni à la justice, mais je l'éclaire simplement : « Vous savez que vous ne pouvez pas vivre avec ça au fond de vous-même. Il vaut mieux payer pour ça, réfléchir. » Je l'aide à aller se dénoncer et, s'il le faut, je l'accompagne. De toute façon, il n'aurait pas oublié. Il aurait juste pu se mentir à lui-même et me mentir assez longtemps pour avoir parfois un éclair de lucidité insupportable, comme un coup de projecteur sur le sale passé, qui le pousse à recommencer.

Certains pédophiles justifient leurs actes en les comparant à ceux que l'on peut commettre avec des adultes. Ils ne disent pas : « Moi aussi, je suis encore un enfant », mais : « Cet enfant est déjà un adulte, dans le fond. » J'entends souvent des discours sur la nécessité pour l'enfant de découvrir la sexualité, et, bien sûr, il a besoin d'un professeur ! Adulte ! C'est oublier que l'un maîtrise quand l'autre subit. Leur leitmotiv, c'est : « L'enfant en avait envie, il m'a provoqué. » Récemment, je suis allée dans un parc d'attractions aquatiques, et je regardais jouer les enfants. Ils ont leur maillot dans la raie des fesses, un débardeur dont la bretelle tombe, un laisser-aller dans leur habillement qui est naturel, propre aux enfants. Le pédophile, lui, traduit à son avantage : ce sont des gens qui veulent du sexe. Ils prennent ça pour de la provocation. J'ai entendu un pédophile commenter : « Vous comprenez… Elle avait les cuisses écartées dans la voiture. » Quatre ans ! La fillette avait quatre ans ! Pour eux, c'est du même ressort que de satisfaire une femme qui désire. Entre la demande et l'innocence, l'autre sexe et le même sexe, il n'y a aucune différence. « J'ai été un mec bien, me dit un pédophile qui avait tripoté un petit garçon, je lui ai dit de faire attention, parce qu'il y a des méchants, des mauvais qui, EUX, sodomisent et violent. Moi, je ne me fais que sucer. C'est rien. » Le visionnage des films pornographiques à outrance – et mes clients « spécialisés » allaient jusqu'à en voir quatre ou cinq par jour, ce qui ne relève plus de l'intérêt de base mais du lavage de cerveau – n'arrange pas leur façon d'appréhender l'acte sexuel. À force de voir des sodomies ou des pénétrations avec objets divers, un « simple » acte sexuel leur apparaît banal et sans portée. Plus rien n'est grave. Un viol est bénin. Ils nourrissent leurs fantasmes et le cinéma X cautionne leur réalité. Ils sont capables de détourner le sens de n'importe quoi pour se donner raison. Mon travail est de les extraire de cette sinistre bonne conscience.

C'est petit à petit, en grandissant et en prenant conscience qu'il a un corps sexué, qu'un enfant apprend la pudeur. Or le pédophile qui se sent provoqué croit être excité par telle ou telle tenue, telle ou telle posture, alors qu'il l'est avant tout par le fait de se trouver face à un enfant. Il dit souvent, pour imaginer qu'existait entre lui et sa victime un lien de connivence et en convaincre son interlocuteur : « Cette petite fille, elle rigolait. » Cela prouve une seule chose : la confiance que nous accordent les enfants. Il est important d'analyser cette phrase : « L'enfant rigolait. » Il suffit en effet de parler avec l'enfant pour entendre : « Je ne savais pas quoi faire, j'avais honte, j'étais gênée, nerveuse... » En un sens, le pédophile n'a pas menti. L'enfant rigolait effectivement. Donc sa perception des choses n'est pas erronée, sauf que la cause de ce rire est mal interprétée. La fillette ne rigolait pas parce qu'elle aimait ce que l'agresseur lui faisait, mais parce qu'elle était nerveuse. Elle refusait cet acte, elle le subissait ! La nuance est de taille ! C'est ce qui rend les actes encore plus terribles. Les enfants aiment bien évidemment que des « grands » s'occupent d'eux, mais l'interprétation du pédophile change tout : il déraille. Ça ne prend pas les gens d'un coup, de devenir pédophile, mais vers quatorze ou quinze ans. Comme ils se sentent (ou sont) mal aimés, ils s'autorisent à tout faire.

« J'ai agi sous le coup d'une pulsion irrésistible », voici la phrase préférée du pédophile, pour partie inventée par les psys et entretenue par les avocats. Il n'existe pas de pulsion irrésistible, sauf chez un malade mental avéré reconnu irresponsable. Je ne dis jamais de mes agresseurs qu'ils sont mes patients mais mes clients, justement pour en finir avec cette excuse de la maladie. Dans l'esprit du pédophile, le propre du malade est d'attendre un traitement. Il feint de subir, d'être le jouet de puissances occultes en espérant le médicament qui le libérerait de cet étrange envoûtement. C'est pratique ! Je suis sans pitié avec ceux qui tiennent ce type de discours parce qu'il sous-entend : « Et d'ici là, je continue, c'est plus fort que moi. » Il faut lutter contre la récidive. C'est comme ceux qui se disent attirés par un irrésistible amour pour l'enfant. Comment se fait-il alors que, dès que ce même enfant commence à avoir des poils, cet amour disparaisse ? C'est ça l'amour ? Mais c'est grave !

Pendant les procès, on entend des phrases qui agacent l'opinion publique, en particulier l'explication de « l'enfance terrible », et la société rejette à tort ce poncif. L'enfance terrible est en général une réalité : en parler n'excuse pas les actes commis, mais permet de décrypter la généalogie de l'agresseur. On sait des plus grands dictateurs des bribes d'histoire symbolique. Nicolaï Ceaucescu venait d'une famille de onze enfants ; l'un de ses frères s'appelait également Nicolaï. Les parents avaient « oublié » ! Cela signifie qu'aucun enfant dans cette famille n'avait d'identité. Si l'on se penche sur l'enfance d'Hitler, le tableau est tout aussi sombre. Il y a les grands dictateurs, et la foule des petits. Je ne connais pas de psychopathe qui soit né par génération spontanée. Il faut en tirer des leçons, commencer par bien éduquer son enfant, ne pas engendrer de monstre sous son toit. On n'oublie pas les blessures qu'on a eues. Chacun se venge à sa façon, les dépasse à sa façon, mais rien ne s'efface. Les êtres qui « réussissent dans la vie », c'est-à-dire qui obtiennent la position sociale et la vie sentimentale désirées, vont trouver des repères. Ils tiendront la route parce qu'ils auront la preuve que leur volonté est efficace, qu'ils ne sont pas la proie d'un aveugle destin. Il suffit parfois d'une main tendue lors d'une enfance malheureuse, d'un flirt idyllique à l'adolescence, pour que la spirale de la douleur soit brisée et que l'individu se prenne en main.

Je crois que tout individu possède un bon capital de départ ; cependant, l'avenir d'un agresseur peut se forger bêtement dans une cour de récréation, parce qu'un enfant se sent rejeté. Naturellement, il fait tout pour être accepté, mais il entend trop souvent : « Toi, tu vas jouer ailleurs. » Un système très dur régit la société des enfants quand ils sont entre eux. Dans un poulailler, les poules se battent jusqu'à ce que chacune ait trouvé sa place. Certaines, moins fortes, finissent en dessous de la mêlée. Parfois elles étouffent. Les autres poules s'en fichent. C'est un peu la même chose dans le monde des enfants : ils ne connaissent pas la pitié. Ils recherchent toujours la faiblesse chez leur petit camarade – court-il moins vite ? – ou la particularité que l'on pourra montrer du doigt – il est roux. Si l'enfant est déjà solide, s'il est entouré par ses parents et déjà arrimé à la vie, il s'en défend. Si ce n'est pas le cas, il s'enfonce encore plus. Il aura un profil de victime ou bien de criminel, selon qu'il choisira le camp de la passivité ou de l'agressivité. Son comportement va changer, parce qu'il est frustré et malheureux. Il peut être rejeté également chez lui, puni par sa famille. Il y a des minicercles vicieux plus ou moins handicapants pour l'avenir : il a des grandes oreilles, donc on se moque de lui, donc il ne veut plus aller à l'école, donc ses parents le disputent, donc il ne peut plus aller nulle part, et il va parfois jusqu'à fuguer. Hélas, quand c'est plus grave, quand c'est toute la société qui rejette ou est perçue comme telle, il est impossible de s'échapper. Ou plutôt, on le peut : en tuant, par exemple. Tuer, c'est une façon de fuir, de s'exclure. La plupart des enfants apprennent à vivre avec leur souffrance, mais quelques-uns se replient sur eux-mêmes, avec la haine et la vengeance qui ruminent à l'intérieur. Le jour où l'on va aller vers l'un d'eux et lui proposer de jouer, il répondra : « Non ! Fiche-moi la paix ! » C'est ce qui s'est passé dans la vie de tous les psychopathes criminels : un jour, ils ont décidé de ne plus faire partie de la société. « Ils m'ont fait trop de mal, je ne veux plus y aller sauf... pour y faire le mal... »

Le facteur qui fait basculer dans la psychopathie, c'est le sentiment d'exclusion, l'accumulation de traumatismes, de rejets, et ce, dès la petite enfance. C'est pour cette raison que je suis contre la publication des listes d'identité de pédophiles et d'agresseurs sexuels. Ceci ne peut qu'augmenter le nombre d'agressions et de meurtres. Déjà exclus de la société, ou ayant le sentiment de l'être, les criminels risquent de se sentir rejetés définitivement. Ils n'auront alors plus rien à perdre. Si nous les chassons, nous ne saurons plus où ils se trouvent et, par crainte d'être emprisonnés à vie si la victime parle, une bonne partie des criminels va commencer à tuer. Depuis le mois de juillet 2000, c'est-à-dire depuis que les journaux de certains pays ont commencé à publier des listes, d'abord aux Pays-Bas, puis en Angleterre et en Italie, plusieurs meurtres ont été commis en Europe. Deux enfants ont été violés et assassinés aux Pays-Bas, un enfant de huit ans en Angleterre, deux petites filles de huit ans en France, deux de cinq et huit ans en Italie et, tout récemment encore, une petite fille de quatre ans en France. Que connaît la société à la pédophilie ? Pas grand-chose. Et comme dans bien des domaines, l'ignorance ou le manque d'information suscitent la peur... puis le rejet. Et ce rejet, ajouté à l'accumulation de stress, de haine et de frustrations vécue par les criminels, ce sont nos enfants qui risquent d'en payer le prix, de leur vie.

Il faut bien admettre que l'information ne circule pas dans ce domaine. Les juges ne savent pas comment interroger un enfant sur l'abus sexuel, les thérapeutes parlent de tout sauf de l'abus sexuel, la victime est souvent ignorée dans ce processus, personne ne sait en quoi consiste le traitement d'un pédophile. C'est pour cette raison que j'accepte très souvent de parler dans la presse et de participer à des débats. J'ai même écrit et fait jouer une pièce de théâtre sur le sujet. Mieux on connaîtra ce problème grave, plus notre façon d'y réagir sera adéquate.

Tous les psychopathes ont été les jouets de leurs parents, d'une façon ou d'une autre. Certains ont été enfermés dans l'armoire, d'autres surprotégés comme des princes, mais dans les deux cas, on ne leur a pas donné leur place d'enfant, leur vraie valeur. Les mères font plus de dégâts que les pères parce qu'elles restent plus présentes et que les enfants cherchent longtemps dans leurs yeux des encouragements. Chez certains, l'enfance se prolonge et, à trente ans, certains garçons persistent à vouloir réussir uniquement pour plaire à leur maman. Il n'est pas nécessaire d'être un agresseur pour avoir ce type de comportement mais on le devient quand on réalise très jeune que ça ne marchera pas, que la mère ne félicitera jamais. Parfois, ils coupent alors complètement les ponts. Il est évident que la mère n'est pas toujours la seule fautive. Il faut aussi prendre en compte l'absence du père, l'entourage qui ne fait rien pour protéger ou réprimander l'enfant si c'est nécessaire, et la personnalité de l'enfant lui-même.

La plupart de ceux qui deviendront agresseurs ont mené une jeunesse solitaire, sans amis, sans activités. Ils sont seuls comme une poupée dans une vitrine. Ils se rétractent donc dans un monde à eux. Comme tous les enfants, ils se prennent pour Batman ou Superman, mais la différence est qu'ils vont vouloir le devenir, manifester leur puissance, épater le monde et faire parler d'eux. Faute d'inventer une chose géniale, ils tuent. Faute de croiser quelqu'un à qui s'identifier, qui croit en eux, ne fût-ce que quelqu'un qui les valorisent, ils développent un complexe d'infériorité et sombrent dans le délire. Pour avoir une chance de combattre la pédophilie, il faut intervenir auprès des moins de dix-huit ans. Un gamin de quatorze ans qui « s'amuse » avec la fille du voisin âgée de huit ans parce qu'il a peur des filles de son âge, ce n'est pas normal. Cet enfant, il faut le prendre en charge tout de suite. Plus banalement, un adolescent qui, à la maison ou en classe, rêvasse souvent, ça ne passe pas inaperçu, et il faut lui manifester son intérêt, se pencher sur ses rêves et ses fantasmes. C'est tout. Cela paraît très simple mais ça conditionne tout l'avenir.

Les traumatismes sont la plupart du temps tellement enfouis qu'il faut creuser durant des mois pour trouver. Souvent, « mes » agresseurs ont des déclics récurrents qui conditionnent le passage à l'acte et je m'arrache les cheveux pour en comprendre le sens. Eux-mêmes, parfois, découvrent ce mécanisme sur mes indications et cherchent désespérément pourquoi telle marque de voiture fait qu'ils se sentent mal, ou tel paysage, etc. J'ai suivi un homme que l'orage terrifiait, alors qu'il était âgé de cinquante ans. Il ne se souvenait d'aucun orage. On a mis des heures à découvrir qu'un jour d'orage, il avait découvert sa mère en train de tromper son père. Il ne tuait pas les nuits d'orage, mais il se sentait mal, il ne supportait plus les gens autour de lui, et quelques jours plus tard, il passait à l'acte. Ça durait depuis des années. La précocité du traumatisme essentiel explique que le psychopathe ne se met pas à tuer à soixante ans. L'âge le plus courant pour les « débuts » se situe vers vingt-sept/trente ans. C'est l'âge où la psychopathie prend sa pleine mesure. On peut tuer tardivement, mais pour d'autres motifs : par jalousie, parce qu'on a été blessé, par vengeance. Chez les agresseurs psychopathes, c'est par haine du monde. Ils en refusent les règles élémentaires et les hiérarchies. Ils sont leurs propres père, mère, avocat, justice, société. Tous ces rôles cohabitent en eux et discutent dans leur tête. Ensuite, leur juge intérieur leur souffle, comme le serpent biblique : « Tu as eu raison de tuer. »

Dans chaque criminel habite souvent un enfant qui n'a jamais obtenu justice. Je m'intéresse à l'enfant qui sommeille en eux, celui qui se venge, crie, hurle, a mal et est torturé. C'est parfois trente ans plus tard qu'il se venge. Tout cela est inconscient. À trente ans, il n'est déjà plus un débutant. Le meurtre n'est pas le premier geste répréhensible. Il commet auparavant des attouchements, des viols, d'où l'intérêt de la prise en charge psychologique. Les statistiques américaines montrent que 86 % des psychopathes tueurs ont un bon niveau social, une vie matérielle confortable, une intelligence au-dessus de la moyenne ; 92 % des tueurs en série sont blancs. Même en étant thérapeute, je n'ai pas toujours instantanément la sensation que les tueurs sont entrés dans la vie avec un handicap ni qu'ils ont été rejetés par la société. Mais les problèmes de maltraitance n'ont rien à voir avec le niveau de vie, et avec l'expérience, je sais aujourd'hui que l'acte violent révèle un passé douloureux, une plaie encore à vif.

Les criminels, je les vois comme des humains. C'est nous qui les avons façonnés parce que c'est parmi nous qu'ils ont grandi. Nous ne portons pas tous en nous autant de violence et de haine. Bien des gens vivent en paix avec eux-mêmes, sans désir de vengeance ni colère. Personnellement, il faut vraiment me menacer ou m'agresser pour que je me rebelle violemment. Au départ, nous sommes tous comme des ordinateurs vides, et notre avenir dépend des programmes qu'on y met. Cependant, il faut bien avouer que la société est de plus en plus impitoyable et ne contribue pas à améliorer les choses ! Tout à l'heure, j'ai vu une fillette tomber dans la rue parce qu'elle se hâtait de traverser. Personne n'a bougé. Personne ne s'est arrêté pour la consoler. Qui s'arrête dans la rue quand un enfant a du chagrin, aujourd'hui ? Autrefois existait une solidarité beaucoup plus importante. Les carences des uns étaient contrebalancées par les attentions des autres. Il y a encore vingt ans, on considérait que l'éducation était une valeur fondamentale. Le rôle en incombait aux parents, à la famille, aux voisins, peu importait du moment que quelqu'un s'en chargeait. Il en va de même pour l'amour. Si l'enfant ne reçoit pas d'amour chez ses parents, pourquoi ne pas lui en donner ? Pourquoi ne donnerait-on pas à un enfant qui n'est pas le nôtre mais dort à la maison le baiser du soir ? Je suis dépassée par l'absence de tendresse dans laquelle baignent les enfants d'aujourd'hui, vraiment malgré eux.

L'image de la cellule parentale a éclaté. Combien d'enfants ont aujourd'hui l'image nette de ce qu'est un père ? Une mère ? Sans être rétrograde, l'évolution de la société a parfois été un peu trop rapide sur ce plan-là pour ne pas multiplier le nombre de laissés pour compte, les fragiles : les enfants, les victimes de traumatismes. L'homme a perdu sa place dans la société, au point qu'il ne se sent pratiquement plus nécessaire. Par réaction il se rétracte encore plus, ce que la femme ressent souvent comme un rejet. La communication entre les deux sexes devient de plus en plus difficile. Et pendant que le fossé grandit, la télévision et la publicité nous bombardent de messages sexuels. Ce qui peut créer, pour ceux qui sont isolés et frustrés, un décalage entre ce qu'ils voient et ce qu'ils vivent. Le nombre des viols a considérablement augmenté dans les pays « civilisés ». L'homme ne se sent plus capitaine du navire, mais simple passager. Les femmes ont tellement évolué en vingt ans que certains hommes n'ont pas réussi à les suivre. Les hommes qui tuent sont ceux qui veulent contrôler une situation, avoir le pouvoir sur un autre être humain, dont le plus absolu : celui de vie et de mort. Ils se sentent écrasés par les femmes, voire méprisés. Les enfants sont devenus les proies désignées de ceux qui souffrent d'un manque de reconnaissance.

Autrefois, on croyait que les femmes pédophiles n'existaient pas. Aujourd'hui, elles représentent 4 % des pédophiles identifiés. Leurs victimes sont indifféremment des garçons ou des filles. Je n'ai à ce jour pas encore eu connaissance de cas de femmes ayant tué des enfants par jouissance sexuelle. Autrefois, les femmes intériorisaient leur douleur. Elles la retournaient contre elles en prenant de la drogue, de l'alcool ou des médicaments. Cela venait de leur éducation. Une de mes clientes a été violée à plusieurs reprises par son frère. Un jour, leur père les a surpris. C'est elle qui a été punie. Elle a quarante-six ans, mais elle en souffre encore. Moins du viol que de l'injustice subie. Elle avait neuf ans lors des faits. Aujourd'hui, les femmes commencent à extérioriser les agressions qu'elles ont vécues, à revendiquer inconsciemment un droit à la vengeance : « On m'a fait du mal, je fais du mal. » Les dégâts causés par les femmes pédophiles sont encore moindres. Cependant, elles symbolisent la sécurité, la protection, la figure de la mère. Le changement radical est d'autant plus destructeur. Un enfant est plus traumatisé par une femme. Car en plus de l'agression qu'il subit, il peut ressentir un sentiment d'abandon. Ce fut le cas d'une cliente que j'ai suivie, abusée par sa belle-mère puis rejetée. Nos entretiens furent explicites :

— Je ne sais pas comment vous le dire. J'ai vingt-six ans. Je suis en thérapie depuis l'âge de neuf ans. J'ai vu neuf psychiatres. Personne n'a pu m'aider. Je ne sais pas quoi faire.

— De quoi souffrez-vous exactement ?

— Je suis incapable d'avoir des relations et je ne sais pas pourquoi. Je ne pleure plus depuis des années mais je m'arrache en permanence les cheveux. Regardez, j'ai des trous sur la tête où les cheveux ne repoussent plus. Je ne sais pas pourquoi je le fais.

— Et pourquoi étiez-vous en thérapie précédemment ?

— J'ai été violée par une femme entre quatre et neuf ans. C'était la nouvelle femme de mon père. Je n'ai révélé ces faits qu'il y a quatre ans. Avant, je n'osais pas en parler. Une femme ! Personne ne m'aurait crue !

— En avez-vous parlé aux psychiatres ?

— Oui, j'ai essayé, mais ils parlaient de tout et n'importe quoi, sauf de ce problème. Ça me perturbait davantage. J'avais l'impression qu'ils étaient gênés d'en discuter, puisqu'ils me demandaient de parler de tout autre chose.

— De quoi par exemple ?

— Ma famille, mon travail, mes goûts…

— Pendant dix-sept ans ?! Vous m'avez bien dit être en traitement depuis l'âge de neuf ans ?

— C'est ça.

— Donc après la période de l'abus sexuel ?

— Oui.

— Pendant cette période, vous vous arrachiez les cheveux ?

— Non, je ne crois pas.

— Comment était-elle avec vous, cette femme ?

— J'étais sa préférée. Elle me prenait toujours à l'écart. Nous avons fait plein de choses ensemble. Elle m'achetait aussi beaucoup de vêtements. Elle m'aimait bien. Elle ne m'a jamais donné de gifle, contrairement à mes autres sœurs.

— Et donc, après que cette « relation » s'est arrêtée, les problèmes ont commencé pour vous ?

— Oui.

— Pourquoi cela s'est-il arrêté ?

— Je ne sais pas, je crois qu'elle ne voulait plus de moi.

— Je pense que vous vivez deux traumatismes. Le premier, c'est l'abus lui-même. Mais le second est encore plus grave pour vous, c'est l'abandon... le rejet de cette femme. Cette femme qui vous a d'abord idolâtrée pour ensuite vous jeter comme un déchet. Vous n'avez jamais eu l'explication de ce rejet, ou ce que vous avez vécu comme tel. Je m'imagine bien que, surtout à l'époque, elle a dû se dire : « Cette gamine ne comprend pas, elle va oublier, je n'ai pas à me justifier. »

C'est à ce moment que ma cliente a commencé à pleurer, pour la première fois depuis des années. Elle se sentait abandonnée mais n'en avait jamais pris conscience.

Je voudrais ouvrir une parenthèse au sujet de ce sentiment d'abandon. S'il est avéré que certaines victimes d'abus sexuels peuvent parfois se transformer en agresseurs, il est étonnant de constater que les enfants abandonnés à la naissance développent souvent des troubles du comportement similaires à ceux observés chez les victimes de maltraitance précoce. Je prends pour exemple la lettre que m'a envoyée une jeune femme, dans laquelle elle exprime son désespoir, sa révolte, et les problèmes comportementaux qui découlent de sa naissance sous X.

Elle décrit sa peur panique de toute forme d'abandon, son sentiment d'exclusion, ses manœuvres incessantes afin d'attirer l'attention, sa boulimie, sa dépression suite à une rupture, son sentiment d'injustice face au droit au bonheur. Elle raconte notamment une anecdote concernant son petit frère, lui aussi adopté. La fête de Noël, symbole de la nativité, lui étant devenue insupportable, elle n'a pu s'empêcher de ruiner le bonheur et l'émerveillement trop visibles du petit garçon : puisqu'elle souffrait, il devait comprendre et subir lui aussi. Si cette jeune femme analyse plutôt bien son traumatisme, bien qu'elle n'ait toujours pas surmonté sa souffrance, on peut imaginer les répercussions à long terme sur un être incapable d'extérioriser son mal-être.

Beaucoup d'enfants abandonnés présentent des symptômes que l'on retrouve chez les enfants abusés : anorexie, boulimie, cauchemars, comportement difficile, fugues, phobies, etc.

Voici un tableau regroupant les résultats d'une étude menée par le FBI sur l'enfance des tueurs en série, avec en parallèle la liste que j'ai établie des symptômes de beaucoup d'enfants victimes d'abus sexuels et/ou de maltraitance, ainsi que ceux de beaucoup d'enfants abandonnés.

Tueurs en série (symptômes décrits par le FBI)	Victimes d'abus ou maltraitance	Enfants nés sous X
Rêveries diurnes	Oui	Oui
Masturbation obsessionnelle	Oui	–
Solitude/isolement	Oui	Oui
Mensonges chroniques	Oui	–
Énurésie	Oui	Oui

Propension à se révolter	Oui	Oui
Cauchemars nocturnes	Oui	Oui
Vandalisme	Oui	–
Pyromanie	Oui	–
Kleptomanie	–	–
Cruauté envers les enfants	–	–
Médiocre image de soi	Oui	Oui
Troubles du sommeil	Oui	Oui
Violence à l'égard des adultes	–	Oui
Phobies	Oui	Oui
Fugues	Oui	Oui
Cruauté envers les animaux	–	–
Maux de tête	Oui	Oui
Troubles alimentaires	Oui	Oui
Convulsions	Oui	Oui
Automutilations	Oui	–

Bien sûr, il faut se garder de procéder à un amalgame trop rapide en faisant de tous ces enfants des psychopathes en puissance. Mais il est peut-être temps que l'on se penche sur les conséquences de ce que nous faisons à nos enfants. Tous les enfants ont besoin d'être reconnus. Tout être humain a besoin d'une identité. Et pour en avoir une, il faut connaître ses racines.

Mais revenons aux femmes pédophiles. Dans les couples pervers où les femmes torturent, c'est souvent la femme qui est le cerveau, tandis que l'homme exécute. Je vois des victimes de femmes pédophiles, et je découvre les femmes plus cruelles, plus créatives que les hommes. Je traite actuellement un petit garçon abusé par deux institutrices qui invitaient des hommes pour violer les enfants. Elles commettaient des atrocités sur ces enfants, avec un raffinement que j'ai trouvé chez peu d'hommes. Les femmes sont plus sadiques. Je me refuse à travailler avec elles parce que j'ai trop de mal à l'assumer. Je ne sais pas prendre assez de distance et rester neutre. À chaque fois que je pense avoir franchi les limites de l'horreur, d'autres horreurs se présentent. C'est en 1991, en Angleterre, que j'ai été pour la première fois confrontée à des *female sexual abusers*. Ça a été un choc pour moi, un vrai traumatisme. Je ne supporte pas, je crois que je pourrais les frapper, comme certains policiers avec les violeurs, donc je m'abstiens. On ne peut faire de thérapie efficace quand on a envie de frapper. J'accepte le phénomène moins difficilement venant des hommes parce qu'il est plus répertorié. Depuis mon enfance, je sais grosso modo que ça existe. Cela montre que moi aussi, j'ai mes limites. Je suis profileuse et humaine.

Aujourd'hui, certaines femmes sortent en boîte et disent aux hommes : « Tu ne veux pas me faire l'amour ? » Un homme perturbé se sentira agressé dans une telle situation. Cela brouille ses repères. De même, lorsqu'il regarde la télévision, où l'enfant est devenu un produit commercial utilisé pour vendre du papier toilette ou de l'eau minérale habillé en petite culotte, quand ce n'est pas tout nu. Entre l'image et la réalité, entre les enfants et les adultes, la plupart des gens font la différence, mais les autres nourrissent leurs fantasmes. L'enfant objet, l'enfant à consommer, ce n'est pas le pédophile qui l'a inventé. Il en a juste détourné le sens, sa spécialité.

La société est gangrenée par la pédophilie. J'ai même été confrontée à des réseaux familiaux, où des pères s'échangeaient les enfants durant les périodes de droit de visite, collectionnaient des photos. Parfois, il existe un marché financier parallèle, mais ce n'est pas toujours le cas. La perversité gratuite existe aussi et n'épargne aucune couche sociale.

Les pédophiles sont trop nombreux, comme les images qui les stimulent en permanence, auxquelles ils se raccrochent. Quand l'agresseur voit dans la même soirée un spot avec un enfant nu à la télévision, puis une campagne de prévention dont le slogan est : « Apprenez-leur à dire non », s'il croise le lendemain un enfant qui ne dit pas non, il fonce. Tous les messages pour lutter contre le fléau sont destinés aux victimes, aux enfants ; ce n'est pourtant pas à eux de garantir leur sécurité ! Il vaudrait mieux diffuser un message à la télévision du style : « Votre enfant, est-il en sécurité ? » Ou : « Respectez-vous l'intégrité des enfants ? » Je crois que cela aurait beaucoup plus de portée qu'une prévention tournée vers les enfants. Car un enfant qui n'a pas osé dire non ne parlera jamais de l'abus qu'il a subi. Il aura peur de la critique, du soupçon, de la punition, peur d'être rendu responsable.

Depuis plusieurs mois, je reçois en thérapie un père qui a violé ses deux filles durant des années. Je l'ai d'abord rencontré en prison, pour faire une expertise. À la suite de mon rapport il a pu quitter la prison en attendant d'être jugé, à condition qu'il vienne en traitement. Le contrat de non-confidentialité permet à la justice de garder un contrôle sur ce type de détenus. Je tiens les juges au courant en leur envoyant chaque trimestre un rapport détaillé sur le déroulement des consultations. Je me montre extrêmement honnête dans ces rapports et n'hésite pas à mentionner les points négatifs, les choses qui n'avancent pas. Avec ce genre d'agresseurs, je me heurte souvent à un écueil au cours de la thérapie : le manque d'empathie. Ils ont beaucoup de mal à se mettre dans la peau de l'autre. Ils peuvent arriver à visualiser une situation donnée, mais uniquement de leur point de vue et jamais de celui de la victime. J'appelle ça une empathie partielle.

Mon client est un chauffeur de bus qui mesure un mètre quatre-vingt-dix et possède une voix de stentor. Sa première phrase à mon intention fut une justification dont je n'ai que faire : « Elles ne disaient pas non. » Je n'imaginais pas une seconde qu'il puisse en être autrement, mais il était sourd à mes démonstrations. J'ai alors tenté un exercice pratique. Je lui ai dit : « Accroupissez-vous. » Il était à présent aussi grand qu'un enfant de cinq ans. Je lui ai alors demandé d'ouvrir mon pantalon. Il était effrayé, TRÈS effrayé… J'ai insisté… Sans sourciller. Au bout de dix minutes, il était en pleurs. Je lui ai demandé pourquoi il ne m'avait pas simplement dit non ? Répondu : « Non, non, je ne le fais pas » ? Il se sentait petit, m'a-t-il dit. De retour chez lui, il a tout raconté à sa femme… Il avait compris qu'un enfant de cinq ans n'était pas capable de dire non. Au bout de dix-huit mois, il a été condamné à dix ans de prison ferme pour ses actes.

On peut venir à bout de la pédophilie, mais il n'y a actuellement pas assez de professionnels formés pour assurer ce suivi. Quelques jeunes psychologues se forment, mais les criminels ne vont pas spontanément frapper à leur porte. Ils ne considèrent qu'ils ont besoin d'aide que lorsque l'heure de la sanction approche. L'enjeu, pour le psy, n'est pas le même selon qu'il a affaire à un perturbé mental « simple » ou à un agresseur. Son devoir est d'évaluer le degré de dangerosité, le risque de récidive. Beaucoup de précautions ont été prises depuis l'affaire Dutroux. Autrefois, un violeur d'enfant pouvait ressortir au bout d'une semaine, sous prétexte qu'on ne trouvait pas de preuves. Depuis, on croit davantage les victimes, mais hélas, l'effet Dutroux commence à se tasser. Les gens oublient... De mon côté, je persiste à prévenir les autorités des évolutions que je constate chez mes clients, de mes craintes, de mes doutes. Outre mes rapports trimestriels pour les juges, la police peut venir consulter mes dossiers quand elle le souhaite, en vertu du contrat de non-confidentialité que je passe avec les agresseurs. Mes clients savent que je peux discuter de leur dossier avec la victime, si la victime le demande, ou encore avec les autorités, juges, police, thérapeute de la victime. C'est la seule solution pour briser le cercle vicieux du secret, si omniprésent dans de telles affaires : il faut que la communication s'établisse, au sens le plus large possible. Et c'est aussi un moyen pour que chacun se mette une fois pour toutes dans la tête qu'un pédophile n'est pas qu'un malade. Il est un criminel. Il doit être suivi conformément à ce statut. Bien évidemment, il n'existe aucun contrat de non-confidentialité avec les victimes. Elles ne sont coupables d'aucun crime.

Dès que je sens qu'il y a danger, j'envoie un fax au ministère de la Justice. Si la justice ne suit pas, c'est son problème, mais en général cela fonctionne. Je considère que les professionnels qui travaillent avec ce genre de criminels doivent rendre des comptes à la société. Car ce sont ces criminels qui détiennent le record absolu du taux de récidive. C'est une énorme responsabilité de les prendre en charge. C'est pourquoi je pense qu'il serait bon de soigner la formation et de vérifier les compétences de ceux qui souhaitent s'en occuper.

Les pédophiles réagissent à ma présence comme des enfants. Entre eux et moi, la confiance est totale : ils savent que si je m'inquiète à leur sujet, il est préférable que je les aide à prévenir plutôt qu'à réparer l'irréparable. Il y a une semaine, un pédophile que je connais bien m'a avoué : « Imagine... J'étais en train de travailler dans le jardin. Il faisait très chaud. J'ai eu comme un malaise. Je ne me sentais pas bien. J'ai arrêté de travailler et mes fantasmes ont commencé, mais je me suis maîtrisé. » Je lui avais appris son système de fonctionnement. Celui-là agresse pour expulser son stress et, en prenant conscience de son état, il a tout de suite su qu'il devait avertir quelqu'un puisqu'il souffrait. Il a alors discuté avec sa femme, avec qui j'ai également travaillé puisqu'elle était au courant de tout et croyait à la thérapie. Il lui a dit : « Je ne me sens pas bien. Je commence à fantasmer. » Immédiatement, elle lui a parlé, l'a rassuré et, au bout de quelques minutes, c'était fini. Il m'a raconté ça ! Quand quelqu'un me confie de pareils faits, c'est qu'il a vraiment envie d'être aidé, qu'il ne veut plus recommencer ni perdre ce qu'il a obtenu. Cet homme n'a jamais fait de prison. Il a pourtant abusé de sa belle-fille pendant quatre ans. Il a eu de la chance et en est conscient. Ils sont aussi capables de cela. C'est ce qui donne quelques raisons d'espérer. Je reçois aussi la belle-fille en traitement, ainsi que toute la famille. La victime peut suivre l'évolution de son beau-père pendant le traitement. Elle est même parfois présente lors des consultations. Ces confrontations ont donné de très bons résultats. Aujourd'hui, après sept mois de thérapie, cette famille fonctionne mieux qu'avant. Tout le monde communique avec tout le monde. Dès qu'il y a un problème insurmontable, ils m'appellent. Seul le beau-père est encore en thérapie. Il doit suivre son programme en entier. Entre lui et sa femme s'est installée une complicité positive. Au début, il y avait d'énormes tensions entre la fille et sa mère. Au moindre conflit, elle hurlait : « Comment peux-tu prendre parti pour un salopard qui a abusé de ta fille ? Comment peux-tu encore accepter un homme pareil dans ton lit ? » Cette réaction se comprend et nous avons travaillé longtemps sur la question. À présent, cette même jeune fille, aujourd'hui âgée de quinze ans, part en moto avec son beau-père. La famille est sauvée. La belle-fille a encore le droit de porter plainte si elle le juge utile. Mais elle a pour l'instant choisi une autre forme de réparation, une autre peine pour son agresseur : c'est son beau-père qui paie sa thérapie.

Chapitre VII
Généalogie de l'agresseur

Les criminels qui viennent à moi et ont conscience d'avoir besoin d'aide sont presque sauvés. Sur les « clients » que j'ai traités jusqu'au bout, je n'ai connu aucun cas de récidive, ce qui prouve qu'il est possible de se contrôler, mais que cela s'apprend. Le problème est que, sauf à aller frapper à la porte d'un psy *avant* de se retrouver en prison, l'agresseur doit d'abord aller en prison pour bénéficier de l'aide de personnes compétentes. Il n'existe aucun lieu de parole anonyme pour les pédophiles, comme il en existe pour les gens atteints du sida ou les alcooliques. Il est pourtant aussi difficile, voire davantage, de parler d'un problème de pédophilie que d'une maladie. Il ne faut pas leur tourner le dos. Les pédophiles qui veulent s'en sortir – et il y en a – doivent savoir vers qui se diriger, ne pas rester livrés à eux-mêmes, car c'est à ce moment qu'ils craqueront. Un jour, un client m'a avoué : « J'ai violé cinq enfants, mais personne n'est au courant. » En quelques semaines, mon boulot a été de le préparer à aller voir la police, en douceur, avec gentillesse, en restant avec lui et en l'assurant que, même en prison, je continuerai à être présente pour l'aider à ne plus recommencer et à réparer les dégâts. Ceux qui viennent me trouver, conscients du risque de l'incarcération, ont envie de se « soigner », mais ils viennent surtout parce qu'ils souffrent d'un manque de communication. Dans le couple et au bureau, rien ne va plus. Ils ne parlent à personne. Ils fantasment. Ils rêvent d'une victime, d'un être plus faible qu'eux sur qui triompher, en général un enfant.

À partir de dix-huit ans, on peut « profiler » un psychopathe. Avant, c'est beaucoup plus difficile. Chez les adolescents, on peut avoir des présomptions lorsqu'on est en présence de comportements compulsifs, de masturbation dix fois par jour par exemple, mais les choses peuvent rentrer dans l'ordre avec un peu de soutien. Devant une boîte de biscuits bien garnie, un enfant à qui l'on n'impose aucune limite peut tout dévorer. Psychologiquement, le pédophile est un boulimique, si ce n'est qu'il remplace les biscuits par un enfant. Il le prend parce qu'il en a envie. L'enfant n'est qu'un objet pour lui, pas un être humain. Tous les agresseurs m'ont raconté avoir eu une jeunesse difficile. Ils m'ont aussi fait part de comportements extrêmement violents survenus très tôt et dont je ne peux croire qu'ils soient passés inaperçus aux yeux de l'entourage. Leur histoire a fréquemment comporté des fugues ou des bagarres, des jeux avec des armes, des comportements sexuels forcés. Ça commence le plus souvent avec les animaux, violés avec des objets ou torturés. Ils entrent ensuite dans la vie active en étant très rarement capables de garder un emploi fixe. Ils ont du mal à respecter les lois, à honorer leurs dettes, à être fidèles plus d'un an à une femme. Tous ces critères très vérifiés viennent du FBI qui a travaillé sur des milliers de sujets psychopathes agresseurs ou criminels. Les agresseurs méprisent les autres, de façon plus ou moins directe et subtile. Le mensonge est quasi omniprésent dans leur vie sociale, professionnelle, sentimentale. Ils font peu de projets à longue échéance, voire aucun, et font preuve d'une grande immaturité dans tous les domaines.

La plupart des psychopathes commencent leur psychopathie vers l'âge de sept ans avec des fantasmes très violents. Chez certains enfants, il est possible de repérer, en parlant avec eux ou en observant leur comportement, s'ils risquent de devenir psychopathes. Je suis effarée de voir que cela n'inquiète personne. Quand je parle de cruauté envers les animaux, cela peut aller très loin : avant d'ébouillanter l'animal domestique, de ligoter le chat par la queue à sa bicyclette, de le découper, il faut y penser, en former le projet, le mettre au point. C'est ce projet de destruction qui remplace le projet de vie, de construction. Petite, j'ai bien arraché quelques pattes aux araignées pour voir ce que ça faisait, et je ne suis pas psychopathe pour autant. Tout est une question de degré. Je me souviens d'une affaire d'enfant violeur. Il était âgé de neuf ans. C'est peut-être la seule fois où je me suis dit qu'un enfant pouvait être irrécupérable. J'ai dû le placer en psychiatrie et il y est resté. Ce qui est rarissime.

Cet enfant savait tout, même quand il devait pleurer devant moi. Il violait sa petite sœur de trois ans avec des objets, et quand je lui demandais s'il allait continuer, il répondait par l'affirmative. Que pouvais-je faire ? À neuf ans ! En dépit de la surveillance étroite qu'exerçaient ses parents, il parvenait toujours à ses fins. C'était un enfant adopté, originaire du Zaïre. Il avait vécu des choses terribles, assisté à des viols, vécu dans un climat de guerre et de torture. Les parents adoptifs étaient dans une grande détresse, mais il n'existe encore aucun traitement pour ce genre de cas : le danger était trop important. À neuf ans, il ne pouvait pas aller en prison, et bien que je n'aime pas particulièrement les hôpitaux, je n'ai pas eu le choix en remettant mon rapport. Parfois, on relâche des agresseurs adolescents « en tentant le coup », parce qu'ils sont jeunes et ont la vie devant eux. Mais peut-être pas celle des autres. Prendre le risque est inadmissible. On pourrait peut-être les sauver en s'occupant d'eux tous les jours, pendant un an, douze heures par jour, sans trêve, sans moment d'oisiveté qui, réellement, chez le psychopathe, est mère de tous les vices. Les parents ne peuvent pas faire face à cette exigence de traitement, parce que ce sont des thérapies spécialisées. Je voudrais bien m'y consacrer, avoir uniquement dix jeunes clients, mais hélas, d'autres ne seraient pas sauvés, la centaine d'autres qui n'ont besoin que de quelques heures. Nous sommes très peu de thérapeutes spécialisés, et « ils » sont nombreux à être potentiellement dangereux.

Je crois beaucoup à la thérapie, le contraire serait fâcheux venant de ma part. Si on tient compte du fait qu'un pédophile peut faire jusqu'à cent victimes pendant sa vie sexuelle active, le traitement des pédophiles est réellement un outil de prévention indispensable. Sur la base de l'expertise, je sais quelle direction prendre pour entamer une thérapie. Ma première mission est d'orienter mes clients vers un travail sur eux-mêmes et de leur marteler qu'ils ne sont pas malades. Je ne suis pas là pour leur délivrer des médicaments ni une notice explicative sur leur cas. Tous présentent des points communs mais chacun possède une histoire propre et des mécanismes qui conditionnent le passage à l'acte. C'est à eux de travailler sur leur cas et moi, je leur donne des pistes de réflexion.

Prenons le cas de Pierre. Dès le début de sa thérapie, je lui ai dit : « Voilà, Pierre, prenez cette feuille et faites deux colonnes : à gauche, vous noterez vos points positifs. À droite, vos points négatifs. Il m'en faut dix dans chaque colonne. »

C'est souvent la liste des dix points positifs qui donne du mal à mes clients, à moins qu'il ne s'agisse de psychopathes narcissiques qui se croient parfaits et n'ont aucune peine à se trouver des qualités. Mais ceux-là sont rarissimes. Pierre souffle, hésite, il se gratte le crâne. Il me regarde et réfléchit. « C'est dur, c'est dur. » Évidemment que c'est dur. Quand, dans sa vie, a-t-il vraiment réfléchi sur lui-même ? La plupart de mes clients ne l'ont jamais fait.

— Ouf ! Les points négatifs, ça va encore. J'en ai déjà sept. Je suis laid. Je suis paresseux, je ne suis pas très intelligent, je suis têtu, je ne termine jamais un travail que j'ai commencé, je suis négligent, je n'ai pas d'amis…

— Bon, et vos points positifs ? Vous en êtes où ?

— Je n'en ai pas beaucoup. J'en ai trois et j'ai beau réfléchir, j'en trouve pas plus… C'est vachement dur de réfléchir à ça. On ne m'a jamais demandé de faire ça avant…

— Tout le monde a des points positifs. Souvent plus qu'on ne le pense.

— Je dessine bien, j'ai une bonne mémoire, je ne suis pas rancunier… Voilà.

— Regardons maintenant vos points négatifs. Reprenez-les et faites une colonne à côté. À chaque point, vous vous arrêtez et vous vous posez la question : est-ce vrai ? Vous écrirez la réponse à côté. Par exemple : vous dites être paresseux… Est-ce vraiment le cas ?

— Je ne sais pas, tout le monde me le dit. Pourtant j'ai l'impression que je suis occupé toute la journée, mais à la fin de cette journée, je constate que je n'ai rien fait. C'est toujours le bordel partout.

— Donc, on peut en conclure que vous n'êtes pas vraiment paresseux, mais seulement mal structuré, mal organisé. Il faut apprendre à vous structurer.

— Mais comment ?

— Faites-moi une liste des choses que vous devez accomplir dans la journée. Classez-les ensuite par ordre d'importance. Vous ferez ça tous les jours et vous commencerez avec le premier point qui figure sur votre liste. Vous le cochez si c'est fait et alors, vous passez au deuxième, et ainsi de suite jusqu'à la fin.

Ce système peut paraître un peu simpliste, mais j'ai constaté son efficacité. La thérapie passe par ce genre de procédés assez simples qui permet à mes clients de se poser face à eux-mêmes et de se découvrir avant de se reconstruire. Je leur demande aussi de lire un témoignage de victime, d'en faire un résumé, de noter leurs questions, leurs commentaires. Cela révèle beaucoup de choses sur leur façon d'envisager leur acte, la contrainte qu'ils ont exercée sur l'autre. Il m'arrive de demander aux pédophiles de découper dix photos d'enfants dans les journaux, de les décrire, de me dire ce que ça leur fait. J'ai aussi à ma disposition une série de tests, qui n'ont pas pour but d'arriver à un résultat, à une conclusion définitive : « Vous êtes ceci ou cela », mais de déterminer où se situe le problème. C'est très interactif. C'est ce qui est épuisant pour le thérapeute.

J'essaie de les mettre face à leur inconséquence, de jouer sur la corde sensible, ou de dévier leur centre d'intérêt. Un de mes clients, par exemple, aime l'argent ; c'est un pédophile qui vient depuis six mois en traitement. Je lui ai demandé récemment de se livrer à un petit exercice : « Que vous a coûté votre abus sexuel ? » Il avait manqué trois cents heures de travail, passées à fantasmer, deux cents heures pour la préparation à l'acte, soixante pour effacer les traces, tout cela contre une heure de plaisir. Je lui ai demandé s'il ne trouvait pas ça invraisemblable, ce gaspillage, comparé à l'argent qu'il aurait pu gagner à la place. Il est tombé d'accord avec moi. La phase suivante sera de passer à la morale, mais j'ai déjà remporté une bataille : il est reparti piteux, alors que, jusqu'ici, son acte lui semblait presque estimable. C'est ce qui est paradoxal chez l'agresseur. Il a une piètre opinion de lui-même, héritée de l'enfance, qu'il essaie de compenser par des rêves, des fantasmes et des actes sordides commis sur plus faibles que lui. Mais en même temps, il se sent puissant et se voue une grande estime parce que, lors du passage à l'acte, il s'est senti grandi. C'est pourquoi je procède en deux temps : d'abord, le caresser dans le sens du poil en flattant son ego pour l'amener à se confier et donc mieux le comprendre. Puis tenter de ramener son ego à une plus juste mesure. Le criminel a toujours été seul face à ses angoisses et à ses frustrations, il s'est toujours senti rejeté. En fait, je lui tiens la main. Au figuré bien entendu. En lui posant des questions, je le valorise, et parallèlement, je me dévalorise un peu moi-même pour lui laisser le champ libre. Pour me prouver sa supériorité, il va me raconter des choses que je ne sais pas. C'est un jeu que je joue très bien sur le plan professionnel, mais jamais sur le plan privé. Quand je pose des questions à l'agresseur : « Mais pourquoi fais-tu ça ? Et qu'as-tu fait des traces après le meurtre ? », il se sent supérieur, parce que c'est lui qui explique. Et quand à mon tour je commence à le comprendre, je deviens supérieure parce que je ne suis pas coupable. Tel est le fragile équilibre à préserver entre lui et moi. Il doit prendre conscience de sa monstruosité sans en devenir plus violent pour autant.

On peut dessiner grosso modo deux types de fonctionnement dans le passage à l'acte : ce qu'on appelle le *long circle* et le *short circle*. Ce sont des symbolisations concises qui peuvent s'appliquer à l'ensemble des criminels. Dans le *long circle*, ou cercle long, le tueur ou le violeur passe à l'acte parce qu'il éprouve un jour un sentiment de rejet : par exemple, il se fait renvoyer de son travail. Il rentre chez lui, où le climat n'est guère plus hospitalier. Il est donc de mauvaise humeur, se dispute avec sa femme, va boire de l'alcool au café, rentre chez lui et cherche la bagarre, cherche un deuxième rejet, car il trouve injuste d'avoir été viré. Sa femme le repousse, il se renferme et arrive au stade du passage à l'acte. Il pense que plus personne ne l'aime, que tout le monde est contre lui. Il se pose en victime, provoque d'autres rejets et commence à fantasmer. Il envisage d'aller se soulager sur une victime, va la chercher, passe à l'acte, se sent coupable (ce sentiment dure peu de temps, mais est parfois violent et peut aller jusqu'à la tentative de suicide), repousse son sentiment de culpabilité, se trouve des excuses... C'est un schéma de récidiviste méthodique. C'est le cas de Van Geloven. Ce cercle peut durer des années. Pour Van Geloven, il s'est passé dix-huit mois entre le premier rejet et les meurtres.

Le *short circle*, ou cercle court, est beaucoup plus primaire : le rejet est ressenti, la victime est trouvée tout de suite, n'importe laquelle, et il n'y a aucune place pour le remords. Ceux-là sont incurables ou presque, mais infiniment moins nombreux que les autres. Les autres, ceux que je peux aider, j'essaie de leur faire prendre conscience du processus, de leur dire : « Attention au sentiment de rejet », pour que dans leur tête un clignotant rouge s'allume dans une situation donnée, les alerte, et qu'il soit possible d'intervenir. Je leur explique qu'il est dans leur intérêt d'apprendre à connaître leur cercle parfaitement, quels sont les éléments déclencheurs, pour pouvoir chercher de l'aide. Je leur apprends à tirer le signal d'alarme pour les responsabiliser.

Les criminels à haut risque sont les impulsifs, dont le meilleur exemple français est le tueur en série Francis Heaulme. Ce n'est pas un de mes clients, mais son comportement est symptomatique du *short circle*, un véritable cas d'école. Il commence à tuer l'année du décès de sa mère, prenant la route au hasard et fuyant toute attache durant plus de deux ans. Le jour de l'enterrement, il s'est jeté sur le cercueil dans la fosse et s'est accroché aux poignées en sanglotant. Il venait de perdre celle à qui il avait toujours rêvé de prouver quelque chose. Il avait trente-cinq ans et faisait preuve d'une immaturité proche de l'incapacité intellectuelle. Se sentant abandonné, il a commencé à boire, à commettre des petits délits à droite et à gauche, pour survivre. Il a semé la peur autour de lui, au point que la société n'en a plus voulu et qu'il s'est retrouvé enfermé plusieurs fois en hôpital psychiatrique, mais à chaque fois, la tension y est retombée, il est ressorti. La tension a repris de plus belle, puisqu'il avait peur du rejet. Ainsi de suite. Il a commencé à fantasmer, alors qu'il n'avait aucune vie sexuelle et encore moins de préférence sexuelle : femmes, hommes, enfants, une vingtaine de victimes de profils indifférents ont été identifiées, c'était la confusion totale. Il a découvert que tuer le soulageait brutalement et, comme il n'éprouvait aucun sentiment de culpabilité, il a recommencé à chaque fois qu'il se sentait mal. Heaulme fait partie des individus qui risqueront toujours de récidiver, d'où son enfermement à vie.

Un cercle court (ça va mal, il tue ou viole, et poursuit son chemin) peut ne prendre que quelques heures. On peut aider n'importe qui à partir du moment où l'auteur des faits a quelque chose à perdre dans la société : une femme, un travail, une maison et même une voiture. On peut « soigner » dès qu'il y a attachement, parce qu'il existe encore des références et des jouissances autres que le crime. D'une façon générale, le meilleur remède contre le crime est le bonheur. Les psychopathes heureux ne passent pas à l'acte. Mais tous ne sont pas capables de bonheur.

Proposer ses services à un agresseur n'est pas simple, car il a souvent une opinion pitoyable des psys. Récemment, un avocat m'a envoyé un père coupable du meurtre de ses deux enfants. Il voulait que je fasse une expertise et, tout à fait spontanément, j'ai dit non. Un père qui tue ses enfants parce que sa femme l'a quitté, désolée, mais je ne m'en occupe pas. En outre, d'autres que moi pouvaient l'aider, c'est ce qu'il me semblait initialement. Mais l'avocat a insisté et j'ai finalement accepté parce que plusieurs psychiatres étaient déjà allés voir son client qui refusait de desserrer les dents. J'étais davantage intriguée que convaincue d'être la personne apte à aider cet homme. J'arrive donc en prison, où l'homme m'attend au parloir. Au lieu de m'asseoir les bras croisés, un signe de fermeture dans le langage corporel, je me suis assise les mains ouvertes, attendant sa parole au lieu de lui imposer la mienne. Au bout d'un moment, j'ai remarqué qu'il se détendait. Tout était passé par les gestes, un genre de profil bas que j'arbore pour mettre l'autre en confiance. Je lui ai demandé: « Alors, François, que se passe-t-il? Vous refusez de parler aux psychiatres? » Et il s'est mis à raconter: que de toute façon, ce n'était pas la peine, qu'ils étaient arrivés avec des conclusions toutes faites, d'après le dossier, qu'ils n'écoutaient même pas. François avait expliqué à un psy qu'il avait souhaité emmener ses enfants au ciel, chez Dieu. Le psy avait pensé que François se moquait de lui, alors que, dans sa tête, cela s'était effectivement déroulé comme ça. Si tout avait été « normal », il ne serait pas passé à l'acte, par définition!

Je me suis penchée vers lui, les bras sur la table. Je l'ai regardé dans les yeux; lorsque je lui ai demandé pourquoi il avait tué deux enfants innocents, il m'a expliqué. Même s'il avait conscience que j'étais liée à l'enquête, il s'est livré. Si tous les policiers procédaient de la sorte, bien des criminels se confieraient plus volontiers. Si tous les psys adoptaient cette attitude, on pourrait espérer des thérapies spontanées, où l'acte criminel n'est pas le point de départ. Faute d'espoir de communication, l'agresseur potentiel passe de l'autre côté de la barrière. Une fois que le patron, le conjoint, l'ami lui ont tourné le dos, si le psy fait de même et si enfin la société se détourne parce qu'elle n'a prévu aucun lieu de parole, c'est fichu. L'idée de la médiation dans les divorces, qui est tout de même un traumatisme « simple », vient de là : une parole coincée dévore. Les tensions sont tellement fortes dans les séparations que les hommes tuent parfois toute la famille puis se suicident. Dans le cas des crimes sexuels, le processus est le même. Avant de passer à l'acte sur les deux petites filles, Van Geloven a tenté la dernière ouverture qui soit, se rendre dans un cloître en suppliant qu'on l'enferme, parce qu'il sentait qu'il allait recommencer. Il était dix-neuf heures tapantes et les sœurs fermaient les portes. Elles lui ont dit : « Revenez dans quinze jours. »

Le drame des psychiatres et des psychanalystes est d'en être restés à Freud, aux théories toutes faites. À la fac, on nous conseille de lire Sade, car tout ce qui relève du comportement humain – y compris la perversité – est intéressant. La seule chose que je reproche à Sade est d'être accessible à tous, donc aux agresseurs. Il est dramatique de voir à quel point les psychopathes s'abreuvent à toutes les sources, et la littérature en est une. Un rien leur sert à cautionner leurs actes. J'ai connu un criminel qui me disait s'être inspiré du film *Le Prédateur*. Il avait tout imité. Faute d'imagination, ils recopient, et il n'est pas inutile, quand on est psy, de connaître les sources, bien davantage que d'avoir lu ses classiques de psychanalyse. Je ne suis pas adepte des théories de Freud. Il était obnubilé par les fantasmes hystériques chez les femmes, par sa théorie œdipienne. Celle-ci m'a toujours laissée dubitative. Un jour, n'y tenant plus, j'ai demandé à une collègue, à la sortie d'un congrès professionnel : « Tu as déjà eu envie de ton père, toi ? Réfléchis bien... » Je finissais par me demander si j'étais bien normale, après m'être livrée à une introspection sans pitié. Elle a pris quelques instants de réflexion et m'a répondu : « Sincèrement, non. » À ma connaissance, aucune femme de mon entourage n'a jamais désiré avoir des rapports sexuels avec son père. Désirer la protection, désirer l'affection ou bien – disons le mot – l'amour, oui, mais pas le désir d'un rapport physique. Quant à l'inconscient, on en exagère beaucoup la portée. On l'utilise à toutes les sauces. La supériorité des enseignements comme ceux de l'University of Psychology à Liverpool en Angleterre est de ne pas dispenser une formation traditionnelle. On finit par être coincé dans un système de pensée qui n'autorise plus à réfléchir autrement. Je déteste ça. Je refuse d'être prisonnière des théories de quelqu'un. Être profileuse, c'est déjà prendre garde à ne pas s'enfermer dans ses propres schémas. Je veux avoir la liberté de voir ce qui marche et pour qui. À force d'immobilisme, les services de psychiatrie sont pleins et les agressions ne diminuent pas pour autant. J'ai reçu à mon cabinet des hommes à qui la psychiatrie avait prédit : « Vous allez passer votre vie avec nous. » Au bout de six mois de thérapie, ils allaient beaucoup mieux. Venir à bout des traumatismes de l'enfance n'est pas impossible. J'ai suivi beaucoup de gens en basant l'image qu'ils avaient d'eux-mêmes sur ce qu'on leur avait dit dans leur enfance ; très souvent, cela ne correspond pas à la réalité. Si tout le monde leur a répété : « Tu es moche et stupide », ils ont fini par le croire.

Pour lutter contre la criminalité, il est nécessaire d'agir au quotidien et sur le terrain. Mais il faut aussi prendre garde à ce que l'on raconte sur le sujet. Cela donne des idées aux individus qui sont encore à la frontière. Ils se prennent à imaginer comment ça peut être avec un enfant. J'ai reçu des lettres anonymes racontant l'euphorie de violer une enfant de cinq ans, le bonheur du fruit défendu. On ne connaîtra jamais le nombre d'hommes qui fantasment sur des enfants sans passer à l'acte. Heureusement, certains ont la conscience du bien et du mal et s'arrêtent à temps, mais il faut éviter de banaliser le phénomène. La société ferme les yeux sur la pédophilie ou à l'opposé, par périodes, en voit partout, ce qui est tout aussi néfaste. Certains pères n'osent plus tenir leur enfant dans leurs bras, prendre un bain avec lui, de peur que ce soit mal interprété. Un enfant a besoin de contact, de tendresse. Il ne faut pas tout confondre. J'ai beau être une professionnelle et avoir été confrontée à beaucoup d'horreurs de ce type, je ne vois pas des pédophiles partout. Quand je regarde un homme prendre un enfant sur ses genoux, mon réflexe est de penser qu'il l'aime, et non que c'est un déviant. De toute façon, il est très difficile d'identifier un agresseur sans le soumettre à un interrogatoire en règle, un entretien structuré.

J'utilise divers outils théoriques pour identifier l'agresseur, dont la *psychopathy checklist*, établie en 1980 par le Dr Robert Hare, de l'université de British Columbia. Récemment, on a étudié la psychopathie sur un panel d'agresseurs sexuels qui purgeaient leur peine dans un hôpital psychiatrique du Massachusetts. Deux chercheurs, les docteurs R.A. Prentky et R.A. Knight, ont montré l'incidence de la psychopathie sur 25 % des pédophiles étudiés et sur 40 % des violeurs. La relation entre la psychopathie et les agressions ou meurtres à caractère sexuel a été nettement établie et implique qu'on en tienne compte pour le traitement des criminels. Ce champ d'investigation est encore récent et mérite d'être développé.

La *psychopathy checklist* pose vingt critères donnant des indices de réponse sur la dangerosité d'un individu. Les caractéristiques sont nombreuses :

– la facilité de parole. Ils ont beaucoup de bagout. Ils connaissent les mots pour dire les choses, mais ne les ressentent pas ;

– un charme superficiel. Ils font tout pour arriver à leurs fins, mais ce n'est pas une séduction partagée, puisque ce que l'autre éprouve n'a aucune importance : c'est une forme d'abus de pouvoir ;

– une immense estime de soi : ils se sentent plus intelligents et n'éprouvent que mépris pour les autres ;

– le besoin d'être stimulés (jamais d'ennui, de trêve) : quelqu'un doit nourrir leur ego en permanence. Ils ont besoin d'être vus, regardés ;

– le mensonge pathologique : ils ne peuvent pas s'en passer. Ils mentent pour le plaisir, jusque dans les détails qui n'ont pas d'importance, pour « doubler » les autres ;

– la manipulation : ils veulent obtenir en permanence le sexe, l'argent, le pouvoir, mais seuls. Les autres ne sont que des instruments à leur service ;

– l'absence de sentiment de culpabilité ou de remords : ils marchent droit, qu'ils tuent ou pas. Ils continuent leur route. Ils se donnent des raisons pour tout ;

– le manque de profondeur : leur affect est très superficiel ;

– le manque d'empathie : l'autre n'est observé que dans la mesure où il peut servir à leur plaisir, mais sa douleur est tout à fait ignorée. Ils ne connaissent pas la pitié ;

– ils vivent en parasites : sur le plan sexuel, émotionnel et/ou financier, ils vivent de l'autre et vident l'autre ;

– un comportement sexuel chaotique : ils changent sans arrêt de partenaire ;

– des problèmes comportementaux précoces, dès l'enfance ;

– l'incapacité de projection ou d'engagement à long terme, dans le travail, aussi bien que dans la vie privée. Ils ne font pas de projets ;

– l'impulsivité ;

– l'irresponsabilité ;

– l'inaptitude et le refus d'assumer la responsabilité de leurs actes ;

– des relations matrimoniales agitées, avec mariages rapides et divorces à répétition ;

– un passé de délinquance juvénile ;

– le refus de se plier aux conditions de la liberté conditionnelle quand il y a eu incarcération ;

– l'absence de contrôle de soi : leur caractère est explosif. Ils ne maîtrisent pas leurs émotions, peuvent éclater d'un moment à l'autre, mais sont capables de se ressaisir rapidement pour garder les cartes en main.

J'ai volontairement dressé cette liste de façon un peu scolaire, afin que chacun réalise que, en forçant le trait, nous pourrions croire que nous vivons tous en quelque sorte auprès d'un psychopathe ; la différence, et elle est de taille, c'est que, parvenu à un nombre élevé de critères cumulés, la dangerosité de l'individu devient réelle.

Je crois que le passage à l'acte n'est pas à la portée de tous, et la frontière est encore plus grande entre ceux qui tuent (ou peuvent tuer) et ceux qui ne tuent jamais. Je ne crois pas aux capacités d'amendement des criminels qui ont transgressé l'interdit du meurtre et dont les crimes ont été uniquement motivés par la recherche de l'excitation sexuelle et l'assouvissement de leurs fantasmes. Dans ce cas de figure, un point de non-retour a été franchi. En outre, avoir l'âme déjà souillée aide à commettre un second crime : la souillure est déjà présente. Le souvenir poursuit. C'est comme la première cigarette après une longue abstinence, le déclencheur de la récidive. Il y a quelque chose d'irrémédiable. Pour « sauver » un psychopathe, il faut décortiquer avec lui le monde irréel qu'il s'est construit depuis l'enfance, décrypter ses mensonges. Il faut détruire pour reconstruire. Soigner un homme de quarante ans qui est pervers depuis trente ans, c'est possible... Du moment qu'il n'a pas encore tué. Quand il a tué, c'est trop tard. En tout cas lorsqu'il a ressenti du plaisir. Parce qu'il existe aussi des personnes qui tuent dans une pulsion de colère, sans préméditation, ou par accident. Ce ne sont que ceux qui tuent en éprouvant du plaisir, y compris du plaisir sexuel, qui sont irrécupérables. Peut-être trouvera-t-on une thérapie dans vingt ou trente ans, mais il n'existe aujourd'hui, à ma connaissance, rien de probant. La seule solution est l'enfermement à vie. L'assassin ne peut que vivre éternellement à la recherche de la jouissance qu'il a eue à tuer. Cette satisfaction, il ne la retrouvera jamais aussi intensément que dans le meurtre. La sensation de contrôle qui découle de l'assassinat, c'est exactement la sensation d'avoir été Dieu. Rien ne remplacera cette émotion-là. Ce n'est pas l'acte qui plaît, ou le viol, ou le massacre, mais la sensation d'être le maître absolu. Si l'acte s'est produit sous l'effet de la colère, que le meurtre a eu pour moteur la libération ponctuelle d'une souffrance précise, on ne trouve pas cette jouissance. Ceci dit, un tel psychisme est rare, mais ceux qui le possèdent font beaucoup de victimes et ne s'arrêtent plus. Au violeur ou au pédophile, on peut rendre l'estime de soi, lui faire valoir sa bonne place dans la société, même si cela prend du temps. Plus tard, dans la thérapie, il pourra comparer quelques secondes de plaisir sexuel au plaisir intellectuel qu'il trouve durablement dans sa position sociale. Mais que proposer, ou opposer, à un tueur ? Un travail ? L'amour de soi ? Il n'appartient déjà plus à notre société. Il est venu y chercher sa victime, c'est tout. Et il l'a choisie. Disposer de la vie d'autrui est le jeu le plus puissant qui soit. Certains m'ont affirmé qu'ils *aimaient* tuer. L'un d'eux, condamné à perpétuité pour le meurtre de deux petites filles, m'a avoué un jour : « Imagine, Carine, quand je vois un enfant qui pleure à la télévision, je suis en érection. » Toute sa vie, cet homme a violé et assassiné des enfants. Pourtant, il fera tout pour sortir, et il se demande déjà s'il ne recommencera pas. Il est lucide. Quant à moi, je ferai tout pour qu'il ne sorte pas.

Je suis contre la peine de mort et pour la prison à vie dans certains cas. Quand la peine de mort existe, l'intérêt de tuer la victime pour ne laisser aucune trace s'impose. La peine de mort est plus pratique pour tout le monde : psychologiquement pour la société qui réclame vengeance ; concrètement pour les autorités qui savent rarement comment gérer les criminels. Mais cela ne ramènera pas l'enfant à la vie. Les conséquences du rétablissement de la peine de mort seraient dramatiques pour les enfants. Ce qu'il faut, c'est exclure du circuit social ceux pour qui il est trop tard, et assurer le suivi des autres avec des thérapies spécialisées.

Je ne rends jamais un avis favorable à la sortie d'un agresseur quand la famille n'est pas là pour assurer le suivi, car j'ai connu des cas dramatiques où la famille cautionnait l'agresseur ! L'exemple le plus récent est celui de Claude. Il est en prison parce qu'il est soupçonné d'avoir enlevé une fille à un arrêt de bus, il y a neuf ans. Mais il n'y a pas de preuves contre lui. On a même pensé que ce pouvait être l'œuvre de Dutroux, d'un Hollandais, ou encore de Van Geloven... Mais deux dénonciations ont désigné Claude et on a trouvé certains indices chez lui, dont beaucoup de photos de petits garçons. C'est un psychopathe méthodique, non marié, un pédophile fixé, c'est-à-dire que ses préférences sexuelles sont nettement marquées. Il est âgé de quarante ans. Sa mère dirigeait une école très stricte. Avoir une mère autoritaire et un père faible ou absent est souvent le cas des méthodiques. J'ai rencontré cette femme, c'est une atrocité. Elle pleurniche : « Mon fils aimait les enfants. » En les ligotant contre un mur et en les photographiant après ! Mais elle insiste : « C'était par amour. » Elle-même, par amour, supporte les agissements de son fils, alors forcément, elle voit le « bien » partout. Tenir l'entourage est indispensable. Les femmes et les mères qui couvrent l'homme abuseur sans rien comprendre sont de véritables dangers. On ne peut remettre un agresseur en liberté dans un tel contexte. Beaucoup d'agresseurs ont été trop gâtés par une mère surprotectrice qui leur pardonnait tout. En général, c'est la catégorie des enfants uniques. La mère de Claude lui avait appris à lire et à écrire à trois ans. Du coup, elle estimait qu'aucun ami n'était assez bien pour lui, que les autres étaient sales, incultes et mal éduqués. Il a été élevé comme un prince et, dès l'âge de cinq ans, se masturbait de manière compulsive, se faisait lécher par le chat. La mère les a surpris un jour et s'est mise dans une colère disproportionnée. Il a grandi dans un climat complètement passionnel. On l'appelle le Dutroux français. Ils ont d'ailleurs un point commun, outre leur perversité : petits, ils dessinaient tous les deux des labyrinthes, une véritable passion. J'ai tenté de raisonner la mère, aujourd'hui âgée de soixante-dix ans : « Vous avez vu ce qu'il a fait ? Il y a viol, non ? Vous voulez voir les photos ? » Elle répond : « Tout le monde exagère. Moi, je connais mon fils. C'est le meilleur. » Le dialogue ne va pas plus loin. Le père, un homme chétif, plus petit que sa femme, somnole dans un coin du canapé, le couple parfait pour engendrer un psychopathe. Elle affirme : « Mon chéri ne sortait jamais. Il n'allait jamais en boîte. Il n'a jamais fréquenté de filles. » Le père murmure à peine : « Mais si, souviens-toi... Parfois, il n'était pas là. » Elle hurle : « Quoi ? Mon fils ?! » Le père se recouche, la mère continue à se mentir, et moi je songe qu'il aurait mieux valu que son fils fasse l'amour avec toutes les filles de la boîte de nuit ! Cette histoire est impressionnante : cette femme couve encore son fils comme un petit garçon... de quarante ans ! Elle voulait que je fasse passer du linge neuf à son fils en prison... L'affaire était vite vue : aucun contrôle possible après une éventuelle sortie de prison. Quant à l'entourage de Claude, ses seuls amis étaient des Parisiens, également incarcérés pour pédophilie. Irrécupérable...

Je ne plains jamais les criminels. Bien sûr, il ne doit pas être facile de vivre avec le souvenir de tels actes, mais après tout, on tente quand même de leur venir en aide. Je sais que la société les rejette, qu'ils ont l'impression d'être entrés dans un cercle vicieux, infernal, sont souvent au bord du suicide après leurs méfaits. Mais il faut qu'ils apprennent à assumer leurs actes. Un jour, la femme d'un pédophile qui soutenait beaucoup son mari a craqué. Elle est sortie dans la rue en hurlant : « Tu es un sale pédophile. » Il m'a appelée : « Qu'est-ce que je vais faire demain ? Au bureau ? » (qui est à côté de son domicile). Heureusement qu'il a appelé : je lui ai demandé s'il avait honte de son acte passé ou seulement du regard que l'on posait sur lui. Il fallait qu'il prenne conscience de certaines priorités. Il a été marqué, mais que dire de la victime ?

Soixante pour cent de mes clients sont des agresseurs en liberté qui suivent une thérapie après la prison. L'aide des proches est primordiale. J'ai traité un dossier où le père présumé incestueux venait à mon cabinet avec sa famille. Je suis actuellement une famille avec cinq enfants, trois du mari, deux de la femme. Ils ont tous entre quinze et dix-huit ans. Si on enlève le père, qui a probablement abusé de deux des filles quand elles étaient petites, toute la famille s'écroule. Il n'y a plus de revenus. Les enfants vont se retrouver dans des institutions. Qui est puni dans ce cas ? Les enfants et la mère ! Lui, en prison, est en sécurité. Il n'a pas à affronter le regard du boulanger ou du boucher... Il faut évidemment parler avec la victime pour savoir ce qu'elle désire. En l'espèce, une des deux filles commençait à avoir un comportement d'agresseur, menaçant de dénoncer son père si elle ne pouvait pas sortir jusqu'à trois heures du matin. Je lui ai dit : « Ça ne passe pas. Tu fais la même chose que lui : de l'abus de pouvoir. » Et aussi : « Ou tu le dénonces, et on va maintenant au commissariat, ou bien tu arrêtes ce jeu. » Ils ont commencé à venir en thérapie en novembre. Aujourd'hui, ils s'entendent beaucoup mieux. Le père m'avait dit au départ qu'il souhaitait « réparer ». J'avais rétorqué : « Vous ne voulez rien réparer du tout ; vous avez peur de la prison. Soyons honnêtes dès le départ. »

L'implication personnelle sur le plan financier est un autre point important. Selon moi, les agresseurs devraient payer les thérapies de leurs victimes. Je suis favorable à la peine de prison symbolique, même dans les cas les moins graves, car cela permet de rétablir les rôles dans l'esprit de la victime. Certaines peines sont assorties d'une obligation de soins, qui devrait être systématique, ainsi que de la prise en charge financière des soins des autres, victimes des dégâts occasionnés. Il faut responsabiliser les agresseurs. L'argent peut venir du travail qu'on les aide à trouver, de la famille, etc. Actuellement, ce sont les parents des victimes qui paient, ce qui n'est pas normal. Quant aux parents qui réclament une indemnité de 500 000 francs pour leur enfant abusé, je ne suis pas d'accord non plus. Le but n'est pas d'acheter une voiture pour toute la famille ni une nouvelle cuisine. Sinon l'enfant subit un second viol symbolique, à cause de parents qui cherchent à tirer profit du premier.

Dans ma salle d'attente, victimes et agresseurs se croisent car je ne vois aucune raison de les faire vivre chez moi comme dans une bulle. Il faut qu'ils apprennent à se regarder normalement parce que, dans la vraie vie, ils peuvent se croiser tous les jours. Les lieux réservés aux agresseurs sont souvent des mines pour qu'ils entretiennent leurs fantasmes réciproques. J'ai suivi un agresseur qui s'était fait un tas d'amis au point rencontre de thérapie : ils s'échangeaient des photos d'enfants ! Évidemment, ils ne manquaient jamais un rendez-vous. Il est stupide de les mettre ensemble : à dix, ils confrontent leurs impressions, leurs souvenirs, c'est le bonheur ! À Gracewell, l'institut de soins anglais spécialisé, les agresseurs ne sont jamais livrés à eux-mêmes. Ils ont un emploi du temps serré, des heures de thérapie du matin au soir, et si leur état psychique ne s'améliore pas, s'ils refusent de collaborer, ils savent que la prison est au bout. Ils disent parfois : « Ça doit être dur pour la victime », or rien que d'y penser, ils ont une érection. À condition qu'ils soient sous étroite surveillance, rassembler des criminels pour leur faire suivre une thérapie est une forme d'emprisonnement nettement plus efficace que les centres de détention traditionnels où ils sont agressés en permanence et confortés dans leur violence. Ils sont face à eux-mêmes, ils n'ont plus d'excuse pour ne pas changer. Dans l'idéal, une étape pourrait encore être franchie. Dans le cadre de la thérapie, on pourrait demander à ces criminels de réfléchir sur des cas d'affaires non élucidées. Peut-être y viendra-t-on un jour, car je crois qu'ils auraient beaucoup à nous apprendre...

Chapitre VIII

Avoir été victime et ne pas le rester

Profileuse dans l'âme, je croyais, jusqu'à il y a cinq ou six ans, connaître le profil type d'une victime potentielle. Je suivais justement des cours de victimologie à Paris. Un soir, je rentre à mon hôtel et le concierge m'avertit qu'il y a une fuite dans ma salle de bains, me proposant de m'accompagner. J'ai quasiment été victime d'un viol ce soir-là. Je ne m'y attendais pas le moins du monde. Cela m'a beaucoup choquée, parce que j'ai été choisie comme victime et que je croyais ne pas en avoir le profil. Une personnalité forte attire un agresseur fort : il doit pouvoir prendre le dessus, et moi, je me croyais si forte que je ne pouvais avoir aucun agresseur ! Ce n'est JAMAIS le cas. Chaque individu peut avoir un profil susceptible d'exciter un agresseur. Toute victime est par définition plus faible : du fait de son âge (les enfants ou les personnes âgées), de sa situation géographique (une maison isolée par exemple) ou de son état de santé, etc. L'agression se déroule la plupart du temps dans une situation de surprise. Il n'est heureusement pas si fréquent que deux profils « compatibles » se croisent. En général, les agresseurs privilégient un type de victime, quasi immuable.

Mon « habitude » m'a évité le viol. L'homme a fermé la porte derrière lui dès que nous sommes entrés dans la chambre. J'ai tout de suite compris et je me suis dit : ce n'est pas possible, ça ne peut pas m'arriver, à moi ! J'ai eu toutes les peines du monde à le repousser (il était très grand). Il a tenté de m'embrasser dans le cou. En moi-même, je pensais : si je crie, ça va l'exciter, et il pourrait bien m'étrangler. Je ne peux m'échapper par la fenêtre, je suis au quatrième étage. Je ne pouvais me défendre car il était trop fort, la seule chose à faire : briser ses fantasmes. Il m'avait attendue. C'était un méthodique. Il savait que je devais rentrer vers dix-huit heures. J'ai commencé à lui parler, à lui poser des questions sur sa vie : avait-il une femme ? Des enfants ? Je mettais des interférences dans ses fantasmes, des pensées qui parasitent. Finalement, j'ai réussi à le mettre dehors. Je suis allée me plaindre à la direction. Il a été renvoyé sur-le-champ. J'ai mis des mois à me remettre de cette expérience : je venais de découvrir que j'étais moi aussi une victime potentielle.

Cela dit, comme ma personnalité se devine assez vite, je pense que je devais représenter un défi pour mon agresseur, un grand habitué probablement. Quand j'attaque une enquête, je cherche toujours à savoir si la victime est une victime à « haut risque ». On a toujours tendance à croire qu'un enfant qui joue dans la rue, par exemple, est une victime à haut risque. En un sens, c'est vrai, parce qu'il est plus exposé qu'un enfant couvé. Mais cet enfant a davantage conscience des dangers de la rue, ce qui fait de lui une victime à bas risque. Si quelqu'un l'approche, il a appris à le repousser. Dans le cas du double assassinat, par Van Geloven, d'Ingrid et de Murielle, à Elne, près de Collioure, et en France, il s'agissait de victimes à très haut risque. Jamais ces enfants ne sortaient seules dans la rue. C'étaient deux fillettes des villes qui ignoraient tout des dangers environnants. Un adulte les approche... Elles sont perdues. Même chose pour Julie et Mélissa, les victimes de Dutroux. Ces enfants qui ne sont pas habitués à la rue ont beaucoup plus de chances d'être victimes d'abus très graves et même de meurtre, je crois. Les victimes sont issues de toutes les classes sociales, sans distinction. Certaines ne manquent de rien, loin s'en faut, mais le pédophile est un manipulateur professionnel dont la séduction est l'arme la plus efficace.

Quand la victime est très vulnérable, on ne la retrouve plus jamais parce qu'elle est susceptible de suivre son agresseur n'importe où. Si l'agresseur est un méthodique, il cherche une proie avec laquelle il n'a aucun lien, ni familial, ni social, ni professionnel, en conséquence de quoi on a très peu de chance de retrouver l'enfant. L'agresseur peut se déplacer sur des centaines de kilomètres pour se débarrasser du corps. Ce type de tueur est donc difficile à repérer, et ce sont malheureusement ceux qui tuent en série. Cette absence de lien préexistant fait qu'ils auront moins de mal à passer au meurtre. En général, ils sont très perturbés après leur premier meurtre. En moyenne, ils ne recommencent pas avant un délai de dix-huit à vingt-quatre mois. C'est le temps de décompression nécessaire pour évacuer l'angoisse d'être arrêté, pour revivre l'excitation et les fantasmes consécutifs au meurtre, le temps aussi de se trouver des excuses pour justifier leur acte, et puis… Dès leur deuxième victime, ils ne font plus que fantasmer sur ce qu'ils ont fait : plus d'empathie, plus d'angoisse, plus de pitié pour la victime…

Ce qui rend les affaires encore plus difficiles à résoudre, c'est que la plupart des pédophiles agissent seuls, sans témoins. Bien souvent, les mères sont à mille lieux d'imaginer que l'agresseur puisse être un proche. Parfois, elles ont l'impression qu'il se passe quelque chose, mais elles ne savent pas dire précisément quoi, et surtout elles croient connaître leur mari, l'ami de la famille, l'oncle, etc. L'idée ne les effleure même pas. Certaines mères sont au courant parce que l'enfant en parle. Elles le disputent. Au mieux, le père avoue et promet de ne plus recommencer. La mère le croit, mais il continue à son insu. Une mère est venue me voir... Elle avait surpris son mari en train d'introduire son sexe dans la bouche de leur bébé de sept mois. Elle a couché son enfant, a fait une scène à son mari et l'a chassé de la maison. Elle ne s'inquiétait pas du handicap psychologique que cela pourrait causer à l'enfant. Elle refusait de porter plainte pour que l'enfant ne soit pas séparé de son père. La mère aussi a un gros problème. Je lui ai dit que je porterais plainte si elle ne se décidait pas. Elle me suppliait de ne rien en faire, m'assurant que son enfant « oublierait ». L'aveuglement n'est pas l'exclusivité des milieux modestes. Il y a des milieux privilégiés où les enfants ne sont pas davantage crus, ou bien où l'on refuse la réalité, plus ou moins consciemment : un pédophile, c'est la honte assurée sur la famille. J'ai connu une très riche famille, honorable et célèbre, dans laquelle une jeune fille victime d'abus sexuel s'est suicidée : elle n'avait jamais été crue. Je ne dis pas que c'est l'unique raison de son décès, mais ce type d'expérience est profondément meurtrissante. Parfois, je ressens bien l'obstruction de la famille durant une enquête que je mène, par crainte de l'opprobre, du qu'en-dira-t-on. Dans les milieux aisés, où les enjeux financiers sont importants, la réputation peut peser davantage que la vérité. Cette jeune fille avait été suivie par des psychiatres de renom. La famille était d'accord pour tout, sauf croire et accepter la réalité.

Il faut mettre en garde les parents. Ils doivent apprendre à repérer les signes et, notamment, toute focalisation de l'enfant sur le sexe. Comment un enfant peut-il dessiner en détail un sexe d'homme? D'où lui vient cette information? J'accepte volontiers que les enfants aient déjà vu un homme nu, bien entendu, et même qu'ils aient une sexualité, à leur échelle. Que des enfants jouent au docteur, qu'ils baissent leur culotte devant un ou une camarade de leur âge, c'est normal. En revanche, qu'ils miment la sexualité des adultes, s'introduisent des objets dans le sexe ou cherchent à le faire avec un ami ou leur petite sœur, se masturbent de façon compulsive, voilà un comportement qui doit conduire à s'interroger. Il faut savoir écouter, sans faire de paranoïa. J'ai confiance en la vie, les gens, les hommes, parce que je refuse de généraliser. Après tout ce que j'ai vu, je tente de ne pas projeter le pire sur les miens, de ne pas voir le mal partout. Ma fille a vingt-quatre ans, et elle est évidemment familiarisée avec le sujet. Elle m'a déjà demandé: « Comment puis-je faire ma vie avec un homme en étant certaine que jamais il ne touchera à mon enfant? » J'ai répondu que je ne m'étais jamais posé la question! Je suis une femme normale. Si cela se produisait sous mon toit, je tomberais des nues comme n'importe qui. Sans cela, je ne vivrais plus. Les mères qui ont elles-mêmes connu l'inceste se méfient de tout le monde; le problème est qu'on ne peut vivre dans un éternel malaise sous prétexte que « l'on ne sait jamais ». Le pire peut toujours arriver, mais la peur n'éloigne hélas pas le danger.

Actuellement, on met les professionnels en alerte sur le problème des faux témoignages de mères qui essaient d'obtenir la garde exclusive de leur enfant et voient dans l'accusation fallacieuse d'inceste un moyen de gagner contre le père. Lorsque c'est un mensonge, il s'agit d'un crime qu'il faut dénoncer : c'est presque aussi grave moralement que d'abuser d'un enfant. De plus, cela sème le doute : on se demande si la mère, ou l'enfant, est sincère. C'est désastreux, car pour un faux témoignage, neuf autres ne seront pas crus. Et parmi ces neufs autres se trouvent sans doute de véritables victimes.

Cela arrange bien des gens de penser qu'un enfant ment : c'est plus facile que de supporter l'horreur de son récit, plus facile de fuir et de fermer les yeux. Des enfants qui ne portent pas plainte sous l'influence d'un parent ou même d'un professionnel, j'en ai connu. J'ai suivi une victime âgée d'environ treize ans, violée régulièrement par un voisin. Le psy a déconseillé aux parents de porter plainte. Certains professionnels pensent que les procédures, le procès, la publicité faite autour, etc., aggravent le traumatisme de la victime. C'est aussi insensé que de déconseiller d'aller voir le corps d'une personne chère décédée dans un accident, alors que c'est absolument essentiel pour faire son deuil. Le suivi psychologique se déroule parfois en dépit du bon sens : il y a souffrance, mais il ne faut surtout pas la regarder en face. Durant les entretiens, il est question de tout, sauf de l'agression. Apparemment, pour beaucoup, c'est un problème de parler de sexualité. Je le constate en permanence. Même les psys ne savent pas nommer les choses, appeler un chat un chat. C'est terrible. L'adolescente a fait une tentative de suicide à l'âge de onze ans. À l'hôpital, on l'a envoyée en psychiatrie où, durant un an, ils l'ont complètement détruite. Hier, pour moi, était une journée importante parce que j'ai rencontré la psychiatre responsable de ce carnage. L'adolescente avait fait sept tentatives de suicide durant son séjour. Le père a fait appel à moi car il avait lu des interviews où je disais ma colère. Il a tout de suite annoncé la couleur : « Ma fille est dans une secte, le service psychiatrique de X. » Les parents ne savaient pas où ils allaient au départ, ne pouvaient pas deviner leur erreur, et ensuite, il était trop tard. La première fois que j'ai vu cette enfant, elle était très violente. Elle a voulu me jeter un cendrier en pierre à la figure. Elle mesure un mètre quatre-vingts, possède un QI de 145 et m'a asséné avec une arrogance monstre : « J'espère que c'est la dernière fois que je dois venir. » Je lui ai répondu : « Moi aussi, mais je crains bien que non. On verra... » Elle est depuis huit mois en traitement et, aujourd'hui, c'est une fleur. On a fait le tri entre le vrai et le faux, la vérité de son histoire et le point de vue des psys. Je lui ai dit : « Tu vas repasser tes examens et tu vas réussir, même si tu ne veux pas. » Elle a commencé à bosser à fond, à reconstruire son image d'elle-même. En l'espace de quelques semaines, elle est parvenue à rattraper une année scolaire entière, ce qui lui a évité de redoubler. Je l'ai revue à Pâques : ses résultats étaient exceptionnels, mais ce qu'elle a accompli de plus exceptionnel, ce n'était pas ses notes ! Elle s'est remise au basket, a retrouvé une âme de battante. Sa chance est d'avoir été crue tout de suite par ses parents. Récemment donc, à quatorze ans, elle a voulu retourner là où elle avait souffert, pendant une année, au service psychiatrie de l'hôpital X. Je l'ai accompagnée, au cas où ça se passerait mal. Elle a parlé avec la psychiatre, parce qu'elle en avait envie, elle lui a demandé : « Mais qu'est-ce que vous avez fait avec moi ? Vous m'aviez dit que jamais je ne sortirais d'ici et regardez mes résultats scolaires ! Je suis en pleine forme ! » Pendant une demi-heure, elle est restée seule avec la psychiatre, mais je me suis opposée à ce que l'entretien dure plus longtemps, et je n'avais pas tort ! Le travail de sabotage recommençait. La psychiatre avait peur de moi car la première chose que j'avais conseillée aux parents il y a un an était de porter plainte. Le voisin a soixante-quinze ans. L'enquête a été bien menée, et le procureur a requis contre lui la peine maximale. Depuis, on sait tout. Personne n'avait porté plainte en trente ans, voire davantage, mais l'homme sévissait sans discontinuer. Les victimes se succédaient, les enfants de ses voisins, à portée de main. Il en abusait et personne ne le dénonçait. C'était facile, la vie idéale ! En l'occurrence, je crois que sa femme savait tout, mais, de toute façon, c'est une chose taboue dans un couple. J'ai vu des épouses enfermées parce qu'elles avaient dit à leur mari, surpris dans une position équivoque : « Mais qu'est-ce que tu fais avec cette gamine ? » Elles ont fini par douter d'elles-mêmes et passer pour folles, alors depuis...

La justice, c'est le début de la guérison, même si cela semble simpliste. Croire la parole d'une victime est le premier pas dans le monde de la justice. Le premier geste de parents d'enfants victimes, c'est savoir écouter et ne pas plaindre. Il ne faut pas avoir pitié, parce que l'enfant a été victime mais ne l'est plus et cela, il doit le comprendre. L'enfant doit réaliser que ce n'est pas à lui d'avoir honte, que ce n'est pas sa faute, et que ce moment sombre de sa vie ne conditionnera pas son avenir. La société et les parents ont tendance à stigmatiser la victime : « C'est cette fille qui a été violée par... » Mais c'est tout de même plus qu'une enfant violée, non ? La compassion est une chose, mais il faut aussi savoir dire : « C'est fini maintenant. Tu es quelqu'un d'autre. » Il y a toujours des traces qui subsistent. Les psys diagnostiquent souvent une marque indélébile, c'est plus lucratif : « Tu en as au moins pour cinq ans de thérapie, c'est gravissime, on ne s'en remet jamais. » C'est faux. Certains sont même capables de se réparer tout seuls. Évidemment, ce ne sont pas ceux qui viennent me voir. L'ennui avec ces personnes est qu'elles ont parfois des problèmes d'ordre sexuel et ont renoncé à les résoudre en estimant que c'était lié au traumatisme vécu dans leur enfance ; or ce n'est pas toujours le cas. Il est dommage de souffrir en pensant que l'on est atteint d'un mal incurable. Bien souvent, cette résignation naît d'un sentiment de culpabilité. La plupart des viols sur enfants sont commis « sans violence », en douceur. L'enfant ne résiste pas, comme paralysé par un instinct de survie qui lui intime de se taire. On ne voit jamais un enfant tuer son agresseur avec un couteau, et en fait il s'en veut à vie. J'ai récemment suivi une toute jeune victime qui travaillait mal à l'école et qui disait : « C'est à cause de mon viol... » Je lui ai expliqué que si elle mettait tout sur le compte de l'abus sexuel, elle ne réussirait jamais rien dans la vie : ce serait à cause du viol ! Je peux me montrer très dure avec les victimes ; certaines en ont besoin. Je serine : « Tu as été victime mais tu ne l'es plus, tu es sortie de ce rôle. » Si la victime est prise en charge et qu'elle travaille toujours mal à l'école, c'est souvent parce qu'elle n'étudie pas suffisamment. On ne le dit jamais assez pour faire que les gens aillent bien.

Il faut savoir enquêter en collant à la personnalité de la victime : chercher ce qu'elle ne dit pas. Avec l'une d'elles, j'ai senti que quelque chose coinçait, la gênait. Au fil des entretiens, je me suis rendu compte qu'elle avait pris du plaisir. Je lui ai dit : « Écoute, il fait moins sept dehors, imagine que je te demande de te déshabiller dans le jardin, mais que tu n'as pas le droit de trembler, parce que je te l'interdis. » Elle s'est mise à rire nerveusement et m'a répondu : « Je pourrais tenir deux-trois secondes, mais… » Je lui ai expliqué : « Tu vois, c'est une réaction de ton corps. Dans l'abus sexuel, c'est pareil. Tu ne veux pas réagir, mais il réagit quand même. On ne contrôle pas tout. » Elle était guérie.

Au bout de six mois, au maximum un an, une victime doit être complètement réparée. Je ne crois pas aux thérapies qui durent des années. Je n'ai jamais gardé une victime deux ans. Certains patients reviennent me voir après, de temps en temps, une fois adultes, parce qu'ils ont un problème ponctuel, mais un psychiatre chez qui on reste cinq ans pour la même chose, c'est un mauvais. Sous prétexte que les psys sont parfois inefficaces, certains parents essaient de s'en passer en étant très disponibles pour parler de « ça », et c'est formidable, mais je suis assez opposée à ce que les familles isolées en parlent avec l'enfant, sans aucun suivi thérapeutique. Il est bon de sortir « ça » du foyer, que l'enfant retrouve la sécurité au sein de la famille, loin du souvenir traumatisant. Si l'image de la famille est associée au drame, l'enfant va avoir peur de rentrer chez lui, peur qu'à chaque fois on lui en parle. C'est difficile de parler de sexualité, en particulier avec ses parents. Déjà avec les professionnels, les enfants ont du mal. Je me suis récemment disputée avec une psy à ce sujet. Elle me disait : « C'est difficile à soigner, l'abus sexuel, parce que l'enfant ne parle pas. Il devrait… » Elle ne se rendait pas compte à quel point il est pénible, pour un enfant, de livrer de telles choses. Même quand un enfant se sent en confiance, il a du mal à expliquer ce qui lui est arrivé, à parler de sexualité. Ma démonstration fut très simple. À elle, une adulte, j'ai demandé : « Hier soir, comment avez-vous fait l'amour avec votre mari ? » Elle est devenue blême, et comme j'insistais, elle a expliqué : « Nous ne nous connaissons pas assez. » J'ai conclu : « Pourtant, nous sommes des adultes... Alors comment voulez-vous qu'un enfant en parle ? Pour lui, c'est une honte, pas pour nous. C'est pas facile de parler de sexualité, hein ! »

J'ai reçu un garçon de neuf ans en consultation ; jamais je n'avais vu d'enfant aussi traumatisé et mutique. D'abord, il porte toujours des couches ; il a été propre jusqu'à l'âge de quatre ans, avant de régresser et de sombrer dans le silence. Cet enfant a été « embarqué » dans un réseau pédophile en Allemagne, et il est venu la première fois encadré par sa mère et par un policier : pas un mot. La seconde fois, j'ai accueilli l'enfant seul. Tout mon travail a consisté à lui expliquer qu'il n'avait pas à avoir honte, qu'on allait bosser ensemble pour enfermer les méchants, que lui pourrait être libre et heureux. J'ai schématisé : « Dans une vie, dans une société, il y a les bons et les méchants, il y a les cow-boys, je les aime bien, et qu'est-ce que les bons font avec les mauvais ? » Il me regarde et me répond : « Je les tue. » Je lui ai dit que, dans notre société, on les mettait en prison, que j'avais besoin d'un policier à côté de moi parce qu'on lui avait fait du mal, qu'on allait les punir, mais qu'il fallait qu'il parle. On est resté deux heures en tête à tête. Il ne voulait plus revenir sur ce qui s'était passé, mais j'ai continué : « Pour savoir, on a besoin de preuves et tu vas m'aider. Comment va-t-on obtenir des preuves ? Tu vas m'aider à récolter un maximum d'informations, je vais tout écrire. »

Les parents viennent de Hollande. Ils parcourent deux cent cinquante kilomètres à chaque fois. Ils ont tout essayé. Ils sont au bout du rouleau. Sans la notion de jeu de la vérité, l'enfant ne s'en serait pas sorti. Seuls, les parents ne peuvent pas tenir ce type de discours : c'est tout de même de leur enfant, de leur chair, qu'il s'agit. Pour moi, c'est plus facile. Je ne parle pas des faits dès le départ, ou alors de façon détournée. J'ai le cas d'un gamin qui a été torturé dans la cave de son école. Sur le ton de la confidence, je lui ai demandé : « Ils prenaient des photos ? Beaucoup ? » J'ai fini par tout savoir. J'ai appris qu'il s'agissait d'un trafic de Polaroïds, ce qui est souvent le cas parce qu'il n'y a ni négatif ni risque au moment du développement. Ils les mettaient dans un coffre, il y avait des chiffres. J'ai emmené cet enfant dans mon enquête : « Des chiffres ? Tu te souviens du début ? » « 9870, m'a-t-il répondu, après, je ne sais plus. » Je me suis exclamée : « Super, on va y arriver, tous les deux ! » C'était comme un jeu : le jeu du bien. Si je n'accompagne pas l'enfant dans mon camp, celui du bien, il risque de devenir un agresseur, je le sais. Je lui ai dit : « Vous êtes plein de bons... Qui étaient les autres enfants ? » Certains étaient de son école, d'autres non, certains de France, d'autres de Belgique : tout s'est déroulé naturellement.

J'ai vu des policiers mener des interrogatoires dans des conditions si humiliantes qu'ils faisaient de la victime une double traumatisée. Je me souviens d'une jeune femme qui avait suivi une connaissance en voiture. À une heure du matin, il avait changé de chemin et l'avait violée dans un bois durant quatre heures. Elle était certaine qu'elle allait mourir, parce que l'agresseur lui avait montré une pelle dans le coffre, celle avec laquelle il avait l'intention de creuser sa tombe. C'était un agresseur assez bavard et elle a eu l'intelligence de lui dire : « Je ne parlerai jamais de ce qu'ON a fait », en incluant son consentement dans le discours. Ça l'a sauvée. Bref, elle s'en est sortie, mais elle a tout de même fait trois semaines de soins intensifs, parce qu'elle avait vraiment été violentée et laissée en piteux état sur le bord de la route. Les policiers sont venus à l'hôpital, première faute professionnelle. Sa bouche était entièrement recousue et elle pouvait à peine parler. Le flic, impatient, a fini par lui dire : « Mais enfin, tu étais consentante, oui ou non ? À mon avis, oui, parce que nous n'avons trouvé aucune trace sur l'inculpé prouvant que tu t'es débattue. » Puis l'expert dentiste est passé à son chevet pour lui demander : « Est-ce qu'il l'a aussi FOUTUE dans ta bouche ? ! » Elle en est ressortie encore plus meurtrie qu'après le viol ! C'était il y a trois ans. Elle est retournée dans la vie active, mais elle ne va pas très bien. Je connais assez bien le fonctionnement des violeurs ; il m'est donc plus facile d'expliquer à la victime le pourquoi de sa situation. La question que toutes les victimes se posent, c'est : « Pourquoi moi ? Pourquoi m'a-t-il fait subir ça ? » Beaucoup sortent de thérapie en se posant davantage de questions qu'avant, et du commissariat en se sentant plus coupables qu'avant. Quand la victime tombe sur un être sceptique, c'est dramatique. Si l'interlocuteur comprend, tout peut bien se passer, que son premier vis-à-vis soit un psy ou un policier. Une fois que la victime a parlé à quelqu'un d'humain, elle va plus facilement retrouver dans la société la place qu'elle occupait auparavant et entamer sa guérison.

Il y a pourtant une dernière étape, essentielle, à ne pas négliger : le procès. Certains psys (encore !) estiment qu'il ne faut pas remuer le couteau dans la plaie, et donc ne pas se lancer dans une bataille juridique. Seulement, quand la plaie existe, il faut la recoudre, l'aider à cicatriser. On ne peut nier son existence. Je ne cesse de conseiller aux parents de porter plainte dès qu'il y a abus sexuel, même léger, pour que la victime ait le statut de victime et l'agresseur, celui d'agresseur, sinon les rôles ne seront jamais clairs, ni pour l'un, ni pour l'autre. Je ne crois pas que l'envie de justice naisse d'un désir de revanche. La soif de justice n'a qu'un seul et unique objectif : le rétablissement de l'équité. Cela tient un rôle très important dans la guérison de la victime. Je dirais même que cela compte pour moitié. Une fois la plaie refermée, les faits établis et prouvés, et la sanction prononcée, la vie pourra reprendre ses droits…

Chapitre IX
Quelques raisons d'espérer...

Si l'on met de côté la cellule spécialisée du FBI et les différents centres de recherches américains, il existe environ dix profileurs très compétents dans le monde et, à ma connaissance, peu d'entre eux perçoivent un salaire pour cela. Ils ont une autre activité. Pour ma part, je suis psychothérapeute ; c'est ce qui me fait vivre. Je connais un gendarme en Hollande, excellent profileur. Il y a aussi Ray Wire en Angleterre, il y a Brent Turvey, Robert Ressler, John Douglas, A. Burgess aux États-Unis, et quelques autres.

Même aux États-Unis, les profileurs ont encore beaucoup de mal à être reconnus. Mais la situation commence à s'améliorer. Cela fait dix ans qu'ils y travaillent. Et comme plusieurs enquêtes importantes ont pu aboutir à l'arrestation du criminel grâce au profiling, cette discipline est en passe d'obtenir une véritable reconnaissance, tout comme en Angleterre d'ailleurs.

Sur le continent européen, et plus spécifiquement en Belgique, nous en sommes au même stade que les Américains il y a dix ans. Les autorités, et particulièrement certains services de police, s'opposent farouchement à ce que le système évolue. La nouveauté leur fait peur, la nécessité de s'adapter aussi. Certains se sentent tellement menacés qu'ils préfèrent attaquer les profileurs et salir leur image. C'est comme ça que les enquêtes bloquent, nous l'avons vu. Leur action destructrice peut aller très loin : ils trouvent le moyen d'isoler le profileur en montant les parents des victimes contre lui, ou ils le discréditent ouvertement dans la presse, comme j'en ai fait la triste expérience dans l'affaire de Julie et de Mélissa. Le 21 janvier 1997, le quotidien belge *Le Soir* titrait sur plusieurs colonnes : « Lelièvre dénonce l'imposture d'Hutsebaut ». Peu après, la maman de Kim et de Ken (je rappelle que Ken n'a toujours pas été retrouvé et que sa petite sœur, Kim, a été assassinée) a demandé à la commission Dutroux de m'inviter à témoigner puisque j'avais travaillé officiellement sur la plupart des affaires traitées devant cette commission et que j'étais donc à même de parler du fonctionnement, et des dysfonctionnements, des enquêtes concernées. Claude Lelièvre, délégué général aux droits de l'enfant, déclarait que j'avais fait un profil de Dutroux *après* son arrestation. Comment un officiel peut-il soutenir une telle contrevérité ? L'article paru dans le journal flamand *Het Belang Van Limburg* le 11 août 1995, dans lequel j'ai livré le profil de Dutroux, suffit à le démentir, Dutroux n'ayant été arrêté qu'en août 1996, c'est-à-dire un an plus tard ! J'ai demandé un droit de réponse qui m'a été refusé. Lorsque Claude Lelièvre a récidivé dans un livre qu'il a écrit ainsi que dans d'autres journaux, j'ai porté plainte pour diffamation. L'affaire est en cours.

Mes ennuis ne se sont pas résumés à cela : mes pneus de voiture régulièrement crevés avec des clous, la fouille de mon bureau pendant que j'étais à San Diego, mon téléphone mis sur écoute, l'interception de mes fax. Rien n'a pu m'arrêter. Pas même les menaces de mort que j'ai reçues au mois d'octobre 1999. Ce qui me mine le plus, ce qui me traumatise, c'est que si Dutroux avait été arrêté un an plus tôt, Julie et Mélissa seraient encore en vie. En effet, il a été établi après l'arrestation de Dutroux que les fillettes ont été maintenues prisonnières, mais en vie, pendant NEUF mois dans une cache... Je crains que la vérité ne soit jamais faite sur cette histoire. La commission Dutroux a elle-même subi des pressions discrètes et personne à ce jour n'a encore été puni pour toutes les fautes commises. Pour l'opinion publique, et pour les Belges en particulier, c'est pire qu'avant !

Qui cherche à m'intimider ? Je l'ignore. Peut-être les réseaux de pédophiles, peut-être certains services de police ? Comment puis-je expliquer autrement que dès que je touche à un réseau, les problèmes commencent ? Je n'ai pas ce genre d'ennuis lorsque je travaille sur un cas isolé. Mais quand on veut m'intimider, cela produit sur moi l'effet inverse de celui escompté, car je sais alors que je suis sur la bonne voie ! Je ne suis d'ailleurs pas la seule personne touchée : les parents des victimes, les avocats des victimes, les médecins, les bons enquêteurs, les bons policiers, tous les professionnels qui défendent la victime sont eux-mêmes l'objet de beaucoup de pressions, de menaces, d'intimidations visant à les dissuader de poursuivre leur travail. Bien sûr, certains finissent par craquer. Mais d'autres refusent de céder aux pressions et continuent de se battre pour que justice soit faite.

Cette situation donne à réfléchir sur le fonctionnement du système judiciaire et policier en Belgique, mais aussi dans d'autres pays. Nous sommes dans une situation désespérante ; à cause de ça, des tueurs en série courent encore alors que leur mode opératoire est parfaitement repérable. Il en existe un actuellement, pour ne prendre qu'un exemple, qui défigure ses victimes au vitriol. Ce procédé n'est pas vraiment destiné à égarer l'identité judiciaire, mais il explique plutôt un refus de la part du tueur de continuer à voir un être humain dans la victime. Je sais que tout près de la frontière belge, un gendarme profileur a été confronté à des affaires du même type, seulement « c'est en cours ». Autant dire qu'il a fait passer l'information à ses supérieurs et que cela a été classé quelque part, dans des archives de papier. On les ressortira le jour où le tueur sera arrêté en flagrant délit, si on a de la chance, et on s'étonnera, comme pour Dutroux : « Ah, tout était là ! »

Le manque d'organisation va de pair avec la désuétude des équipements. Quand on introduit des ordinateurs dans certains commissariats, toutes les équipes sont obligées de travailler dessus, il n'y en a pas suffisamment pour tout le monde. Je ne suis pas moi-même férue d'informatique, ni fascinée par le progrès technique. Il m'arrive de m'arracher les cheveux devant mon écran parce que je n'y entends strictement rien, mais je sais que je n'ai pas le choix : on ne peut pas échanger des feuilles de papier dactylographiées avec le monde entier en quinze secondes, encore moins des photos ; on ne peut pas stocker ; on ne peut pas classer. Quand l'enquêteur se montre moins méthodique que le tueur, il n'y a aucun espoir de succès.

Le système américain n'est pas parfait, mais il faut avouer qu'il est sur le bon chemin pour devenir très performant. À Quantico, dans les locaux du FBI près de Washington, plusieurs blocs de bureaux sont éparpillés dans la nature, et au sous-sol de l'un d'eux est situé le centre de profiling, l'endroit où j'ai effectué mes stages. On y trouve des ordinateurs en réseau avec tout le pays et des salariés ultra-spécialisés. Ils ont réussi à créer une sorte de toile qui s'étend comme un filet de la côte Ouest à la côte Est. Leur chance, comparé à l'Europe, est que tous parlent la même langue. En Europe, ce n'est pas le cas, mais enfin ce n'est tout de même pas la mer à boire que d'apprendre les rudiments de quelques langues. Il n'y aurait pas besoin d'atteindre un niveau de vocabulaire très élevé pour que nous puissions tous travailler ensemble. Le vrai écueil tient dans les mentalités européennes : le partage des informations, on ne connaît pas, ou trop peu.

Parallèlement à la structure du FBI, les associations de victimes pullulent aux États-Unis et ce ne sont pas seulement des lieux d'écoute, mais de véritables sections de recherches. Le plus connu et le plus actif, le National Center for Missing and Exploited Children, traite environ cinquante mille cas de disparitions par an. Le NCMEC a été créé par un père de victime et sa femme il y a vingt-cinq ans. Ils étaient tous deux avocats. Un jour, leur fils a été retrouvé assassiné. La police a très vite enterré l'enquête. Les parents étaient choqués et scandalisés par tant de fatalisme et d'immobilisme. À l'époque, on en était à peu près au même stade qu'en Europe aujourd'hui, ce qui laisse de l'espoir ! Le père s'appelle Adam Welsch. Il anime aujourd'hui une émission de recherche de criminels, « *American most wanted* ». Le centre est situé dans un immeuble très moderne, couvert de toiles contemporaines. Quatre-vingts personnes environ y travaillent jour et nuit et reçoivent des appels de tous les États-Unis, par le biais d'un numéro vert que tout le monde connaît dans le pays. Ils remplissent des fiches à longueur de journée. Ils possèdent des listes de questions types, afin que rien ne soit laissé au hasard. Une équipe coopère avec le FBI ; une autre s'occupe de l'organisation stratégique (affiches, presse, etc.) ; une autre vient de se spécialiser dans un phénomène nouveau, l'enlèvement international par des parents divorcés ou séparés. Il existe même un département technique qui se charge du vieillissement des photos d'enfants disparus. Ce système a permis de retrouver beaucoup d'enfants aux États-Unis, mais, là-bas, on ne se contente pas de faire des campagnes d'affichage sauvage: on colle les images sur les boîtes de lait. Chaque famille américaine voit le visage des disparus tous les matins sur la table du petit-déjeuner. Ce n'est peut-être pas très gai, mais c'est la réalité, cela évite d'oublier et permet aussi d'avoir « le déclic » si jamais on croise l'enfant concerné.

Une partie de l'opinion européenne commence tout doucement à croire en ces procédés. Prenons le cas des parents de Marion, disparue à Agen en sortant de l'école. Ils refusent l'oubli et continuent à se battre. Chaque Français, ou presque, connaît le visage de leur fille parce qu'il a vu l'affiche dans une gare, sur un Abribus, un kiosque. Je trouve ça formidable et je pense qu'un jour leur entreprise sera couronnée de succès. La démarche individuelle doit demander une énergie considérable aux parents. Si un centre de recherches comme celui qui existe aux États-Unis était créé, leur douleur serait peut-être la même, mais leurs forces seraient décuplées. Ceci dit, les membres du NCMEC se heurtent au problème du devenir des enquêtes et ne savent pas toujours quel psychopathe ils ont contribué à faire arrêter, mais ils jouissent de la reconnaissance de la section profiling du FBI. Comme moi, ils lisent parfois à la une du journal qu'on a arrêté tel ou tel criminel dont ils avaient établi le profil grâce au profil précis de la victime, et ils se disent: « Tiens, nous y sommes peut-être pour quelque chose. » C'est frustrant, mais au moins, ils ne sont pas tout seuls à se ronger les sangs. Travailler à plusieurs est sacrément réconfortant.

Les signes précurseurs d'un éventuel changement des mentalités commencent à poindre en Europe. Par exemple, certains enquêteurs se sont pris de passion pour le « mapping », une technique appliquée depuis très longtemps aux États-Unis. Elle consiste à dresser des cartes signalétiques des meurtres sur des feuilles transparentes que l'on promène ensuite sur des cartes géographiques afin d'identifier des recoupements au premier coup d'œil : des lieux, des horaires, des procédés, etc. Parfois, au bout de quelques semaines, on commence à voir que chaque mercredi, à tel endroit, il se passe la même chose. Nous en sommes aux balbutiements. Ce qui permet d'espérer, ce sont les fantastiques découvertes scientifiques qui, elles, sont le fruit de collaborations entre chercheurs. On a récemment parlé de l'une d'elles dans la presse, cette méthode qui permet d'identifier formellement un enfant grâce au lobe de son oreille. Ce sont des Français et des Suisses qui ont mis au point ce système, mais il n'est toujours pas appliqué sur le terrain. Pourquoi ? Nous l'ignorons, peut-être encore par peur de la nouveauté. Il semble que la Suisse ait commencé à utiliser ce nouveau procédé. Dans ce cas, pourquoi ne pas le généraliser ? C'est un outil formidable : l'enfant change de physionomie en grandissant mais le lobe de son oreille reste toujours le même, et il est absolument unique chez chaque individu, au même titre que l'ADN. Grâce à ce procédé, on peut reconnaître des enfants disparus et violés en cas de saisie de vidéos, ou identifier une victime sur des photos. Plus surprenant encore, l'iriscopie, c'est-à-dire l'examen de l'iris, permettrait les mêmes identifications formelles. J'espère que les mentalités des enquêteurs et les systèmes judiciaires évolueront grâce à toutes ces révolutions scientifiques, que la structure sclérosée s'ouvrira suffisamment à la modernité pour favoriser l'application de techniques existantes. Bientôt, nous disposerons de tous les outils d'investigation, mais peut-être pas des hommes pour en faire bon usage. Cette crainte explique mes moments d'abattement et mon épisodique désir de reconversion dans la fiction. Son pouvoir dépasse parfois largement la réalité.

Mais tout espoir n'est pas perdu. Les services de police européens prennent peu à peu conscience de la nécessité de former leurs éléments pour réagir de façon adéquate à ce fléau qui gangrène notre société. De même qu'en France certains policiers ont reçu une formation pour traiter les cas de viols et ne plus commettre d'erreurs dans les enquêtes et en interrogeant les victimes, les polices d'autres pays souhaitent sensibiliser leurs effectifs aux problèmes induits par la criminalité pédophile et sexuelle. C'est le cas des Pays-Bas. J'ai été contactée il y a peu de temps par les autorités de ce pays pour dispenser des cours sur le sujet. Ces cours auront lieu trois jours par semaine, sans doute pendant plusieurs années pour couvrir l'ensemble des trois cent cinquante districts policiers du pays. Beaucoup de thèmes y seront abordés : les techniques d'interrogatoire et de perquisition, les études de cas, les méthodes d'investigation en cas de disparition d'enfant, la façon de recevoir les victimes d'abus sexuels, etc. J'espère sincèrement que de telles formations vont se généraliser. Il est primordial d'alerter et de préparer les enquêteurs de toute l'Europe afin qu'ils sachent adopter l'attitude adéquate lorsqu'ils seront confrontés à de tels crimes, pour qu'ils cessent de croire que cela ne peut exister, pour qu'ils se sentent concernés et aptes à mener les enquêtes qui s'imposent. On ne le dira jamais assez : l'information et la collaboration sont sans nul doute les éléments qui permettront une lutte efficace conte les crimes sexuels et la pédophilie.

Remerciements

Je tiens à remercier mes amis pour leur soutien et leur générosité au cours de la longue période que je viens de traverser. À un moment où j'ai pensé tout abandonner, ils m'ont aidée à me reconstruire.

Merci à Marie-France, Marc, Emilio, Sofie, Claire, An, Anne, Annemie, Miek, Willem, Fréderic, Linda, Renaat, Paul, Vic, Véronique, Danielle-Marie, Seth, Muriel, Rob, Martine, Wilfried, Marcel, Daniel, Serge, Catherine, à mon père et à ma mère… de m'avoir aidée à vivre avec l'éternelle question qui est le moteur de mon existence et à laquelle je n'ai pas encore trouvé de réponse : le pourquoi…

ANNEXE

– L'association qu'a fondée Carine Hustebaut est l'ICMAC : International Center for Molested and Abducted Children.

Breemputhof D 17
1800 VILVOORDE BELGIQUE
Tél./fax : 00 32 2 305 91 88

– Academy of Behavioral Profiling
http ://www.profiling.org/
1961 Main Street PMB 237
Watsonville, CA 95076-3027
États-Unis

– Le Gracewell Institute (Grande-Bretagne) a récemment déménagé et changé de nom suite à un incendie criminel.

– Le centre du FBI à Quantico (États-Unis) et sa section profiling se trouvent dans un endroit tenu secret pour des raisons de sécurité.

Table des matières

6717

Composition Chesteroc International Graphics
Achevé d'imprimer en France (Manchecourt)
par Maury-Eurolivres
le 17 septembre 2003.
Dépôt légal septembre 2003. ISBN 2-290-32386-1

Éditions J'ai lu
84, rue de Grenelle, 75007 Paris
Diffusion France et étranger : Flammarion